我的第一本
親子互動英文
Parent-Child Interaction

全MP3一次下載

9789864542086.zip

iOS系統請升級至 iOS13後再行下載，下載前請先安裝ZIP解壓縮程式或APP，
此為大型檔案，建議使用 Wifi 連線下載，以免占用流量，並確認連線狀況，以利下載順暢。

前言

《我的第一本親子英文》暢銷作家之一的高旭銚老師，從多年來引導孩子自力學習的教養經驗與歷程中看到，其實孩子們內在都有天生熱愛學習的一面，因為他／她們透過各種感覺刺激來認識這個世界，接著會在父母的從旁啟發與引導之下學習到更多，而父母們也會發現孩子的天賦能力，所以這是個親子之間共同成長的過程，身為父母的您們，千萬別錯過這個黃金時期喔！

孩子們學好外語一開始的關鍵，就像他／她們一開始呀呀學語一樣，就是透過模仿的方式，因此本書中利用「句型套用」的訓練，依樣畫葫蘆，您可以告訴孩子「剛才學到的句子也可以這樣用喔！」，他們會很自然地去動腦想到這句話會在什麼時候用到，進而逐漸熟悉一種表達用語的固定模式，日後自然能夠在那樣的情境之下脫口而出。

另外，搭配活潑可愛的插畫，刺激孩子的視覺，先讓孩子對書本產生好奇與興趣，而每一課裡的「邊指邊認」及「趣味練習」的單元中，爸媽可引導孩子看著並指著生動有趣的卡通圖案，同時念出一些日常生活中實用的表達語句，進而養成開口說英文的習慣。當孩子熟悉這些話後，就可以開始引導他／她們到下一個「趣味練習」單元，在這裡可以讓孩子練習聽力，同時看著這些卡通圖案著色、寫字或選取，加深學習效果與樂趣。透過彼此不斷的互動，爸媽們可以輕鬆地引導孩子們踏上一趟有趣的英文學習之旅，並感受到學習英文的無上樂趣。

本書內容包括「家庭親子互動」、「戶外親子互動」、「生活起居互動」、「生活狀況互動」、「生活教育互動」以及「節慶活動互動」等各種情境，可以讓爸媽們在一開始時透過這些日常生活一定會遇到的狀況，每天和孩子這樣說，隨時都能跟孩子對話個兩三句。當然，如果每天一直講同樣的話，孩子也會懶得回答你吧！因此，本書 50 個情境單元中都會有重點句型的延伸，或者和這個情境相關的表達「也可以這樣說」，讓彼此對話內容更加豐富有變化，不必再跟著死板板的親子對話內容走，父母輕鬆開口說，孩子也能學得快樂有耐心。

書中所有中文都加上注音符號，一開始家長可以帶著小朋友一起讀，等到孩子開始學注音符號，也能夠試著自己閱讀，而在閱讀當中，不但可以增加英文能力，也能增加中文的認知力。讓中文、英文同時自然成為孩子可以運用自如的母語。

每天跟孩子一起這樣說，不但能增進親子的互動關係，更能逐漸養成孩子隨時開口說英文的好習慣。

親子之間的互動，當然必須由爸爸媽媽來啟動！本書專為初學、想自學，或者想親手為孩子打造一個優良的英語學習環境而設計。50個情境對話設計、趣味插圖、互動遊戲，真正能提供孩子視覺、聽覺、觸覺，利用眼看、耳聽、口說、手指、思考的全五感英文學習書。

單元主題

每一個單元由一個代表性的句子作為標題，且書中的所有中文都加上注音符號，讓中文、英文同時自然成為孩子可以運用自如的母語。另外搭配底下一大張卡通圖片，點出這個單元的情境主題。

QR碼線上音檔

每個單元都有一個智慧QR碼，提供中、英文線上音檔，且情境對話的英文分為正常與慢速，讓您和孩子在學習上更有彈性。

幫忙家事怎麼說

L01U2.mp3

Let me help (you) +「做家事」

Let me help you do the dishes.
我來幫你洗碗。

Let me help water the flower.
我來幫忙澆花。

Can you help (me) with +「家事」?

Can you help me with housework?
你們可以幫我做家事嗎？

Can you help with taking out the trash?
你可以幫忙倒垃圾嗎？

套用替換的實用句型

每個單元都有重點句型的延伸，也就是說，和這個情境有關的表達也「可以這樣說」，這讓彼此對話內容更加豐富有變化，不必再跟著死板板的親子對話內容走，父母輕鬆開口說，孩子也能學得快樂有耐心。

圖像記憶

每一個例句搭配活潑可愛的插畫，刺激孩子的視覺，先讓孩子對書本產生好奇與興趣。

邊指邊認

一邊指一邊唸出可以幫忙做的家事

L01U3.mp3

help	help with	do the...
hang up the laundry 曬衣服	housework 家事	laundry 洗衣服
water the flowers 澆花	cooking 煮飯	dishes 洗碗
vacuum the floor 用吸塵器吸地板	planting 栽種	cleaning 掃除

14

刺激孩子的5感學習力

透過每一課裡的「邊指邊認」單元，有效幫孩子「圖像化」一個實用句型，爸媽可引導孩子看著並指著生動有趣的卡通圖案，唸出一些日常生活中實用的表達句，進而養成開口說英文的習慣。

趣味練習

許多小朋友都會幫忙爸爸媽媽做家事，請將音檔中聽到的家務事名稱塗上顏色。

L01U4.mp3

刺激孩子的5感學習力

當孩子們熟悉這個單元的實用句型後，就可以開始引導他們進入下一個「趣味練習」單元。在這裡可以讓孩子練習聽力，同時看著這些卡通圖案著色，讓孩子們同時聽、同時看、同時動手著色，左右腦同時學習、效果加倍！

小小驗收一下學習成果

本書最後面提供「趣味練習」的音檔文字，中英對照，如果有聽不懂或不確定的字詞或句子，可以馬上自行驗收學習成果。

解答篇 Answer Keys

Unit 1

p.15 1. Can you help do the dishes?（你可以幫忙洗碗嗎？）

2. I'll water the flowers for you.（我來幫你澆花。）

3 Yes, I can help with vacuuming the floor.（是的，我可以幫忙吸地板。）

Unit 2

p.19 1. Please put back your robot where it belongs.（請把你的機器人放回到它原來的位置。）

2 Can I play with your remote-control helicopter?（我可以玩你的遙控直升機嗎？）

3 Pick up the rabbit doll, or I'll throw it away.（把你兔子玩偶收起來，不然我把它扔了。）

Unit 3

p.23 1. I can put on my shoes by myself.（我可以自己穿鞋子。）

2 Zip up your coat, or you'll catch a cold.（把你的外套拉鍊拉上，否則會感冒。）

3 Take off your pajamas and get changed quickly.（把睡衣脫掉，快點換衣服）

Unit 4

p.27 1. I want some strawberries, but I don't want coffee.（我想吃草莓，但我不想要咖啡。）

2 A: How about a cup of lemon water?
B: No, thanks, but I want some ice cream.
（A：要不要來一杯檸檬水？B：不，謝了，但我想吃點冰淇淋。）

3 A: What do you feel like for breakfast, hamburger or bread?
B: Hamburger, please.
（A：你早餐想吃什麼，漢堡還是麵包？B：漢堡吧，麻煩了。）

214

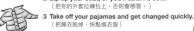

Contents

Part IV 生活狀況互動篇

Part V 生活教育互動篇

我來幫你。
Let me help you.

L01U1.mp3

- **What a good sunny day!**
  真是個晴朗的好日子！

- **Time to hang up the laundry.**
  是該把洗好的衣服拿出來晾了。

- **I'll do that for you.**
  我來幫你吧！

- **You're so sweet!**
  你真貼心！

幫忙家事怎麼說

L01U2.mp3

Let me help (you) +「做家事」

Let me help you do the dishes**.**

我來幫你洗碗。

Let me help water the flower**.**

我來幫忙澆花。

Can you help (me) with +「家事」?

Can you help me with housework**?**

你們可以幫我做家事嗎？

Can you help with taking out the trash**?**

你可以幫忙倒垃圾嗎？

I'll +「做家事」 for you.

I'll hang up the laundry **for you.**

我來幫你曬衣服。

I'll vacuum the floor **for you.**

我來幫你吸地板。

★ laundry 是指已經洗好、從洗衣機拿出來的衣服。

L01U3.mp3

邊指邊認

一邊指一邊唸出可以幫忙做的家事

help	help with	do the...

hang up the laundry 曬衣服	**housework** 家事	**laundry** 洗衣服

water the flowers 澆花	**cooking** 煮飯	**dishes** 洗碗

vacuum the floor 用吸塵器吸地板	**planting** 栽種	**cleaning** 掃除

趣味練習

許多小朋友都會幫忙爸爸媽媽做家事，請將音檔中聽到的家務事名稱塗上顏色。

L01U4.mp3

音檔內容在 P. 214

現在就把你的玩具收起來！
Clean up your toys now!

L02U1.mp3

- **Oh my! You made a big mess again!**
  天啊！ 你又搞得一團亂！

- **Sorry, Mom. I'll clean them up later.**
  對不起， 媽咪。 我待會兒會收拾。

- **Do it now.**
  現在就收拾。

- **OK. But can you give me a hand?**
  好吧。 但是您可以幫我一下嗎？

收拾玩具怎麼說

clean up +「玩具」

Clean up **your toys after you play.**

玩具玩完之後要收拾乾淨。

Can you clean **them** up **by yourself?**

你可以自己收拾乾淨嗎？

★ 也可以用 pick up（撿起來）表示「收拾」喔！

put away +「玩具」

Put away **the blocks there.**

把那裡的積木收掉。

You should put away **your own toys.**

你應該收拾自己的玩具。

put +「玩具」+「地方」

Put **them back** in the toy box.

把玩具放回玩具盒中。

Put **them back** where they belong.

把玩具放回原來的位置。

★ them 一定要擺在 put 和 back 中間喔！

邊指邊認

一邊指一邊唸出各種玩具或器具的名稱。

put away your...

blocks
積木

wooden horse
木馬

toy car
玩具車

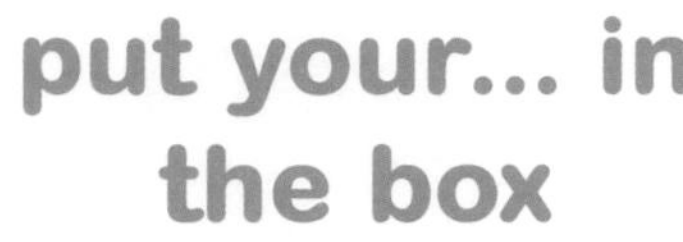

put your... in the box

doll
玩偶

toys
玩具

robot
機器人

pick up...

the chess pieces
棋子

the painting tools
畫具

the guitar
吉他

L02U4.mp3

趣味練習

小朋友們玩完玩具之後，要記得把它們收起來喔！請將音檔中聽到的玩具名稱塗上顏色。

音檔內容在 P. 214

我今天要戴我的新帽子。

L03U1.mp3

I'm wearing my new cap today.

- **Take off your pajamas, honey.**
  寶貝， 把睡衣換掉吧！

- **I'm wearing my X'mas hat today!**
  我今天要戴我的聖誕帽。

- **Here it is.**
  在這。

- **And my new dress.**
  還有我的新洋裝。

- **Put it on. I'll button it for you.**
  穿上吧。 我再幫你扣釦子。

L03U2.mp3

穿衣服時怎麼說

put on +「 衣物」

Put on the coat **before going out.**

出門前先把外套穿上。

Can you put on the socks and shoes **by yourself?**

你可以自己穿襪子和鞋子嗎？

take off +「 衣物」

You're wearing the T-shirt inside out.

Take it off. 你把襯衫穿反了。 脫掉它。

I'm feeling hot and I want to take off my scarf. 我覺得好熱， 我想把圍巾脫掉。

★ 如果用 it 來指稱時， 要放在 take 和 off 的中間喔

button +「 衣物」

Button it**, or you'll catch a cold.**

把釦子扣上， 不然你會感冒。

I can't button my sweater**. It seems loose.**

我沒辦法把毛衣鈕釦扣上。 似乎鬆掉了。

邊指邊認

一邊指一邊唸出各種衣物的名稱。

L03U3.mp3

Put on your

hat
帽子

trousers
褲子

scarf
圍巾

Take off your

skating shoes
溜冰鞋

socks
襪子

sweater
毛衣

Button your

sweater
毛衣

coat
外套

pajamas
睡衣

趣味練習

聽聽以下的對話，將有提到的衣物塗上顏色吧！

音檔內容在 P. 214

L04U1.mp3

要不要來一片烤吐司？
How about a slice of toast?

- **I'm so hungry!**
  我好餓啊！

- **Do you want a slice of toast?**
  要不要來一片烤吐司？

- **No, I'm not fond of toast.**
  不，我不喜歡吐司。

- **Um... how about some salad?**
  嗯⋯那麼來點生菜沙拉呢？

- **Great! I like salad.**
  好啊！
  我喜歡吃沙拉。

想吃或喝什麼怎麼說

L04U2.mp3

Do you want +「食物或飲料」?

Do you want some **grapes?**

你想吃點葡萄嗎?

Do you want **a roasted corn?**

你想吃烤玉米嗎?

I feel like +「(吃)食物或飲料」.

I feel like some **carrots.**

我想吃些胡蘿蔔。

I feel like eating **some broccolis?**

我想吃點花椰菜。

★ feel like 就是 want 的意思，只是後面要接「動作」的話，要用 Ving，而 want 後面要用 to-V。

How about +「食物或飲料」?

How about **a cup of coffee?**

要不要來杯咖啡?

How about **a dish of steamed fish?**

要不要來一道蒸煮魚?

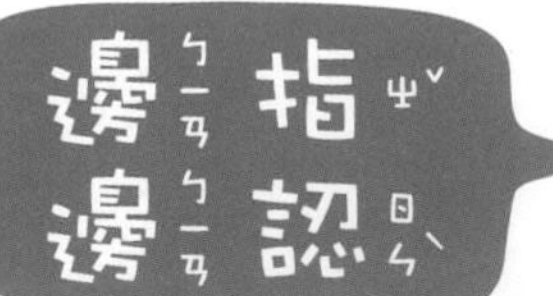

一邊指一邊唸出各種食物或飲料的名稱。

L04U3.mp3

Do you want...?

some grapes

一些葡萄

a roasted corn

烤玉米

a bowl of salads

一碗沙拉

I feel like...

a carrot

胡蘿蔔

some broccolis

一些花椰菜

a fried egg

荷包蛋

How about...?

a cup of coffee

一杯咖啡

the steamed fish

蒸煮魚

a pot of hot tea

一壺熱茶

趣味練習

聽聽看以下的對話，把有人說喜歡吃的東西圈起來，有人不喜歡吃的東西打叉。

L04U4.mp3

音檔內容在 P. 214

L05U1.mp3

什麼事這麼好笑？
What's so funny?

- **Hey baby, what's so funny?**
  喂，寶貝，什麼事這麼好笑？

- **These pictures. Take a look.**
  這些圖畫，你看。

- **Wow! They look so cute, and some are comical.**
  哇！好可愛啊，有些圖很搞笑。

- **I don't like reading books. I love playing with toys.**
  我不喜歡看書。我喜歡玩玩具。

開始閒聊時怎麼說

L05U2.mp3

talk about +「話題」

You look upset. You wanna talk about it?

你看起來很不高興。 要聊聊嗎？

We can talk about the cartoon Batman.

我們可以來聊聊蝙蝠俠卡通。

★「You wanna ...?」是比較口語的說法，相當於 Do you want to...?

feel about+「話題」.

Tell me how you feel about the pictures.

告訴我你對這些圖畫的感覺。

How do you feel about the photo?

你對這張照片有什麼感覺？

What's so +「感覺如何的話」？

What's so sad?

什麼事這麼令人傷心？

What's so special?

什麼東西這麼特別？

邊指邊認

一邊指一邊唸出親子間開始閒聊的表達用語。

L05U3.mp3

Let's talk about...

the cartoon Batman

蝙蝠俠卡通

what you just saw

你剛剛看到的東西

where to travel

要去哪裡旅遊

How do you feel about...?

the pictures

這些圖畫

this photo

這張照片

winning first place

得第一

What's so...?

sad

令人傷心

funny

有趣

surprising

令人驚訝

趣味練習

聽聽看以下的對話，把有人說想要聊天的話題塗上顏色。

L05U4.mp3

音檔內容在 P. 215

L06U1.mp3

那是關於不同的動物。
It's about different animals.

- **Let's read this picture book together.**
  我們一起來看這本圖畫書。

- **What's it about?**
  是關於什麼的書？

- **It's about different animals.**
  那是關於不同的動物。

- **Alright. Let's open the book.**
  好啊。 我們把書打開吧！

- **Well, the story begins...**
  那麼， 故事開始囉！

L06U2.mp3

親子共讀時會說的話

What's +「書本／故事」+ about?

What's **the story book** about?

這本故事書在講什麼？

What's ***The Three Pigs*** about?

《三隻小豬》的故事在講什麼？

★ 回答這句話可以說 It's about...

Let's turn to+「頁數」.

Let's turn to **the next page.**

我們翻到下一頁去。

Let's turn to **Page 11.**

我們翻到第 11 頁。

★ 如果要表達「我們翻頁吧。」，可以說 Let's turn the page.

What's happening to +「人物」?

What's happening to **the princess?**

公主怎麼了？

What's happening to **the witch?**

那個巫婆怎麼了？

邊指邊認

一邊指一邊唸出親子間 Reading Time 時會吸引孩子的話題。

L06U3.mp3

What's... about?

The Three Pigs
三隻小豬

Dream of a Butterfly
莊周夢蝶

The Little Mermaid
美人魚

Let's turn to...

the first page
第一頁

the next page
下一頁

Page 25
第 25 頁

What's happening to...?

the princess
公主

the witch
巫婆

the pirate
海盜

L06U4.mp3

趣味練習

小朋友們，故事要開始囉！把你聽到故事情境塗上顏色吧！

音檔內容在 P. 215

我先開機後再用給你看吧。

Let me turn it on and show you.

L07U1.mp3

- **I wonder how to use the computer.**
  我想知道這電腦怎麼用。

- **Let me turn it on and show you.**
  我先開機後再用給你看吧。

- **Wow! What can I see from the monitor?**
  哇！ 我可以在這螢幕中看到什麼呢？

- **A lot of things, after it's connected to the Net.**
  很多東西，等它連上網路之後。

L07U2.mp3

一起使用電腦時這麼說

wonder wh- to +「動作」

I wonder how to **turn it on.**

我想知道這怎麼開機。

I wonder how to **use the mouse.**

我想知道如何使用滑鼠。

★ 「關機」是 turn... off。

show you wh- ... +「動作」

I'll show you how **to talk with your friends online.**

我來教你怎麼和朋友線上聊天。

Can you show me what **you've downloaded?**

你可以讓我看看你下載了什麼嗎？

「設備」+ doesn't work.

My notebook doesn't work.

我的筆電不能用了。

My mouse doesn't work.

我的滑鼠不能用了。

★ 「筆電」也可以說成 laptop。

邊指邊認

一邊指一邊唸出一起使用電腦時會說的話。

L07U3.mp3

I wonder how to...

turn it on
開機

use the mouse
使用滑鼠

surf the Net
上網

I'll show you...

how to talk online
如何在線上交談

what I've downloaded
我下載了什麼

how to type faster
打字快一點

My... doesn't work.

notebook
筆電

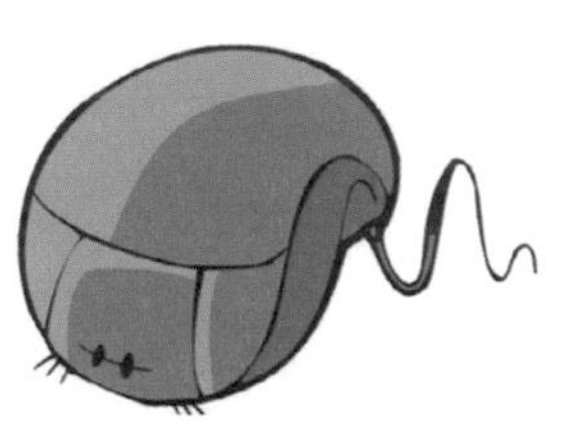

mouse
滑鼠

computer host
電腦主機

趣味練習

小朋友們知道電腦可用來做什麼呢？ 請將錄音中聽到要使用電腦來做的事情塗上顏色吧！

音檔內容在 P. 215

我可以用這張紙做出一個娃娃。

I can make a doll out of this paper.

L08U1.mp3

- **Give me a piece of paper, please.**
  請給我一張紙。

- **What for?**
  做什麼用？

- **I can make a doll out of this paper.**
  我可以用這張紙做出一個娃娃。

- **Really? Show me!**
  真的嗎？ 讓我看看！

- **Look carefully. Tada!**
  A paper doll!
  仔細看。 登登！
  一個紙娃娃！

L08U2.mp3

一起勞作時可以這麼說

make +「作品」+ out of the paper

Can you make a plane out of this paper?

你可以用這張紙做出一架飛機嗎？

I can make an envelope out of this paper.

我可以用這張紙做出一個信封袋。

cut out a +「形狀」

Please cut out a heart shape.

請剪出一個心形。

The square you cut out looks good.

你剪出的正方形看起來很棒。

Be careful with +「勞作工具」

Be careful with the scissors.

用剪刀要小心。

★ 還可以說 Keep your eyes on the scissors.
（眼睛要盯著剪刀喔。）

Be careful with the compass.

用圓規要小心。

邊指邊認

一邊指一邊唸出可以一起做出的勞作（ handicrafts ） 以及會用到的工具。

L08U3.mp3

make... out of the paper

a boat

船

an envelope

信封

a doll

娃娃

cut out ...

a heart shape

心形

a square

正方形

a circle, a triangle and a rectangle

圓形、 三角形及長方形

Be careful with the...

scissors

剪刀

compass

圓規

saw

鋸子

趣味練習

和孩子一起動手做勞作吧！ 請將錄音中聽到的勞作工具塗上顏色吧！

L08U4.mp3

音檔內容在 P. 215

L09U1.mp3

倒些胡椒在碗裡。

Just pour some pepper into the bowl.

- **Mom, what are you busy with?**
  媽，你在忙什麼？

- **I'm making a salad.**
  我在做沙拉。

- **I like it. What can I help with?**
  我喜歡沙拉。我可以幫忙什麼呢？

- **Just pour some pepper into the bowl.**
  倒些胡椒在碗裡就行了。

L09U2.mp3

一起下廚做點心時可以這麼說

Help me +「做什麼事」

Can you help me set the table**?**

你可以幫我擺餐具嗎？

Can you help me mix the egg and flour**?**

你可以幫我把蛋和麵粉混在一起嗎？

★「把 A 和 B 混在一起」也可以說 mix A with B。

add/pour +「料」+ into +「容器」

Pour **some pepper** into **the pot.**

倒些胡椒到鍋子裡。

Add **some hot water** into **the bowl.**

加點熱開水到碗裡。

can't wait to +「吃／喝」

I can't wait to dig in**.**

我等不及要大快朵頤了。

I can't wait to drink the juice**.**

我等不及要喝這果汁了。

邊指邊認

一邊指一邊唸出一起做點心時會做的事情以及可以做出什麼點心。

Help me

set the table
擺餐具

mix the egg with flour
把蛋和麵粉混在一起

grind the carrot
把紅蘿蔔磨碎

pepper... the pot
胡椒鹽… 鍋子

hot water... the bowl
熱開水… 碗

some tea... the cup
一些茶… 杯子

eat the pizza
吃披薩

drink the juice
喝這果汁

dig in
大快朵頤一番

趣味練習

和孩子一起做點心更能增進親子關係喔！請將錄音中聽到的配料、食物及飲料塗上顏色吧！

L09U4.mp3

音檔內容在 P. 215

你真是個很棒的畫家！
You're such a good painter!

- **Mom, I drew a picture of our family.**
  媽， 我畫了 一張我們全家人的圖。

- **You did? Let me see.**
  是嗎？ 我看一下。

- **At the top right side are grandpa and grandma; in the middle are you and daddy.**
  右上是爺爺和奶奶； 中間是你和爸。

- **You're such a good painter!**
  你真是個很棒的畫家！

L10U2.mp3

讚美孩子怎麼說

Wow! You +「做某事」+ by yourself.

Wow! You made a paper boat **by yourself.**

哇！ 你自己做了一艘紙船。

Wow! You finished your homework **by yourself.**

哇！ 你自己做完作業了。

I can tell you +「 做某事」 .

I can tell you have been practicing**!**

看得出來你一直有在練習。

I can tell you did a good job**!**

看得出來你表現不錯。

★ 這裡的 tell 不是「告訴」，而是「分辨出」的意思。

You're such a/an +「 角色」 .

You're such a **good brother.**

你真是個好哥哥。

You're such a **nice sister.**

你真是個好姐姐。

邊指邊認

一邊指一邊唸出讚美別人時可以說的話。

L10U3.mp3

Wow! You... by yourself!

made a paper boat

做了一艘紙船

finished your homework

做完作業

made a nice cake

做了個漂亮的蛋糕

I can tell you...

have been practicing

一直有在練習

did a good job

表現不錯

have been making progress

一直有在進步

You're such a...

good brother

好哥哥

nice sister

好姐姐

good helper

好幫手

趣味練習

L10U4.mp3

小朋友們都知道家中成員怎麼稱呼了嗎？請將錄音中聽到的家中成員塗上顏色吧！

音檔內容在 P. 216

來玩盪鞦韆如何？

L11U1.mp3

How about playing on the swing?

- **Let's go out and play!**
  我們出去玩吧！

- **What would you like to play?**
  你想玩什麼呢？

- **How about playing on the swing?**
  來玩盪鞦韆怎麼樣？

- **It sounds fun!**
  聽起來很有趣！

L11U2.mp3

戶外活動怎麼說

play +「 球類 」

I'd like to play soccer.

我想要踢足球。

I'd like to play basketball.

我想要打籃球。

play on the +「 設施名稱 」

I'd like to play on the slide.

我想要玩溜滑梯。

I'd like to play on the swing.

我想要玩盪鞦韆。

★ 想要表達「 我想要 」 的固定說法是「 I'd like」 。

go +「 活動名稱 ing」

Let's go skateboarding!

我們來溜滑板吧！

Let's go biking!

我們來騎腳踏車吧！

★ 想要表達「 我們來～ 吧 」 的固定說法是「 Let's」 。

邊指邊認

一邊指一邊唸出可以在戶外做的活動！

L11U3.mp3

play	play on the	go Ving
 **soccer** 足球	 **slide** 溜滑梯	 **skateboarding** 溜滑板
 **basketball** 籃球	 **swing** 盪鞦韆	 **biking** 騎腳踏車
 **tennis** 網球	 **horizontal bar** 單槓	 **swimming** 游泳

趣味練習

許多小朋友正在做戶外活動，請將錄音中聽到的戶外活動塗上顏色。

音檔內容在 P. 216

臉上擦點防曬油吧！

Put some sunscreen on your face!

- **It's very sunny today!**
  今天太陽好大！

- **So we need to put on some sunscreen.**
  所以我們得擦點防曬油。

- **Sure. First, my arms and then my cheeks… Oops! Too much sunscreen!**
  當然。首先我的手臂然後臉頰…
  糟糕，抹太多了！

- **Oh my god. Go wash your hands first.**
  我的天哪。
  先去洗手吧！

L12U2.mp3

塗抹身體部位怎麼說

put +「液體」+ on +「身體部位」

Put sunscreen on your belly.

在你的肚子上擦些防曬油。

Put some lotion on your hands.

塗些乳液在手上。

★ 這裡的 put 也可以用 rub（擦拭）取代。

put on +「液體」

Would you like to put on some perfume?

你想抹些香水嗎？

Put on some bug spray before going mountain climbing.

去爬山前噴些防蚊液吧。

apply +「液體」+ to +「身體部位」

I want to apply some lotion to my face.

我想抹些乳液在臉上。

Would you like to apply the gel to your hair?

要不要抹些髮膠？

邊指邊認

利用剛剛學會的用語，一邊指一邊唸出保養品與身體各部位的名稱。

L12U3.mp3

Put sunscreen on...	Put on...	Apply some lotion to...
 your belly 你的肚子	 some perfume 一些香水	 my face 我的臉
 your hands 你的手	 some bug spray 一些防蚊液	 my left hand 我的左手
 your neck 你的脖子	 sunscreen 防曬乳液	 my right foot 我的右腳

趣味練習

聽聽看以下的對話，將要塗抹防曬油的部位圈起來。

L12U4.mp3

音檔內容在 P. 216

真是個野餐的好日子！

What a lovely day for a picnic!

L13U1.mp3

- **What a good sunny day!**
  真是個美好的晴朗日子！

- **What about going for a picnic?**
  去野餐如何？

- **That's a good idea!**
  好主意！

- **I'll go get the picnic blanket.**
  我去拿野餐墊。

L13U2.mp3

戶外野餐時可以這麼說

I'll go get +「野餐用品」.

I'll go get **the picnic basket.**

我去拿野餐籃。

I'll go get **the picnic blanket.**

我去拿野餐墊來。

★ go get 是 go and get 的口語用法。

I'll make some +「食物」.

I'll make some **pizzas.**

我會做些批薩。

I'll make some **desserts.**

我會做些點心。

Look! There's +「新奇事物」.

Look! There's **a butterfly.**

看！ 有一隻蝴蝶耶。

Look! There's **a coconut tree.**

看！ 有一顆椰子樹耶。

★ 郊外野餐常常會看到些新奇的事物！

一邊指一邊唸出各種野餐會用到或看到的東西。

I'll go get...

a basket
籃子

the grass mat
草蓆

some plates
一些盤子

I'll make some...

pizzas
披薩

desserts
點心

juice
果汁

Look! There's...

a butterfly
蝴蝶

a coconut tree
椰子樹

a rabbit
兔子

趣味練習

小朋友們喜歡去野餐嗎？ 請將錄音中聽到野餐要用的、要吃的或會看到的塗上顏色。

L13U4.mp3

音檔內容在 P. 216

L14U1.mp3

我們為什麼要去那裡？

Why are we going there?

- **Dad, where are we going?**
  爸，我們要去哪？

- **Yang Ming Mountain.**
  陽明山。

- **Why are we going there?**
  我們為什麼要去那裡？

- **To watch beautiful flowers and enjoy the fresh air.** 去觀賞美麗的花以及享受新鮮的空氣。

L14U2.mp3

出外郊遊時可以這麼說

go for a(n) +「兜風」.

Let's go for a **drive.**

我們開車出去兜風。

Let's go for a **ride.**

我們騎車出去兜風。

★ go for 也可用 go on 取代。

go to +「地方」+ for +「目的」.

We can go to **the pavilion** for **a break.**

我們可以到那亭子去休息一下。

We can go to **the sea** for **fishing.**

我們可以到海邊去釣魚。

pull over +「在什麼位置」.

I'll pull over **ahead to pick you up.**

我會把車停在前面接妳。

You can't pull over **here.**

你不能把車停在這。

★ pull over 其實就是「路邊停車」的意思。

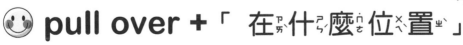

邊指邊認

一邊指一邊唸出一起出外郊遊時會去的地方以及會做的事情。

go to... for...

a pavilion... a break

涼亭… 休息

the sea... fishing

海邊… 釣魚

the outskirts... biking

郊區… 騎腳踏車

pull over to take a...

rest

休息

walk

散步

view of the rainbow

看彩虹

Let's go for...

a ride

騎車

a drive

開車兜風

a sail

搭船出遊

趣味練習

出外郊遊時，平常小朋友就喜歡問東問西的。請將聽到的 Wh-疑問詞圈起來吧！

L14U4.mp3

Who?

ART GALLERY

What?

Which?

When?

Whose?

How?

Why?

Where?

音檔內容在 P. 217

這裡就是我們的營地。

L15U1.mp3

Here is our campsite.

- Here's our campsite, everybody!
  這裡就是我們的營地了， 各位！

- Let's get ready to pitch the tent.
  我們準備搭帳棚吧。

- Of course. Let's work together.
  當然。 我們一起來吧。

- I can help make a fire.
  我可以幫忙生火。

L15U2.mp3

露營時可以這麼說

get ready to +「 動作 」.

Let's get ready to **pitch the tent.**

我們準備搭帳棚。

★ 「 收帳篷」 是 strike the tent。

Let's get ready to **make a campfire.**

我們準備生營火。

work together to +「 動作 」.

We can work together to **BBQ.**

我們可以一起來烤肉。

Let's work together to **clean up the campsite.**

我們一起清理我們的營位吧。

hold +「 東西 」 + for me.

Hold **the hammer** for me.

幫我拿一下榔頭。

Hold **the pliers** for me.

幫我拿一下這鉗子。

★ 鉗子跟剪刀（scissors）一樣都有兩個柄，字尾都要加 s。

邊指邊認

一邊指一邊唸出一起出外露營時會做的事情以及會用到的東西。

get ready to...

pitch the tent
搭帳棚

make a campfire
生營火

take some food
拿些食物

work together to...

clean up
收拾一下

barbecue
烤肉

get everything ready
將所有東西準備好

Hold... for me.

the hammer
榔頭

the pliers
鉗子

these tools
這些工具

趣味練習

全家一起去露營吧！請將錄音中聽到的露營設備及用具，用色筆圈起來吧！

L15U4.mp3

音檔內容在 P. 217

好像要下雨了。

L16U1.mp3

Looks like it's going to rain.

- **Look. It's becoming cloudy.**
  你看。 天氣變陰了。

- **Right. And the sky is getting dark.**
  對啊。 而且天色變暗了。

- **Looks like it's going to rain.**
  好像要下雨了。

- **But we didn't bring an umbrella.**
  但是我們沒有帶傘。

L16U2.mp3

形容天氣該這麼說

It's +「天氣形容詞」.

It's sunny. **We can go swimming.**

現在出太陽。我們可以去游泳。

It's rainy **now. Do you bring an umbrella?**

現在下雨了。你有帶傘嗎？

It's getting +「冷／熱／暖」.

It's getting cold. **Put on the scarf.**

變冷了。把圍巾戴上吧。

It's getting warm **recently.**

最近變暖和了。

It looks like +「天氣名詞」.

It looks like **rain soon.**

好像快下雨了。

It looks like **a storm soon.**

好像暴風雨快來了。

★ 可以再加些形容詞來強化天氣的效果。例如 heavy rain（大雨）。

邊指邊認

一邊指一邊唸出在戶外可能遇到的各種天氣狀況。

L16U3.mp3

It's...

sunny
晴朗的日子

rainy
下雨天

snowy
下雪天

It's getting...

cold
冷的

warm
暖和的

windy
風大的

It looks like...

rain
下雨

a storm
暴風雨

lightning
有閃電

L16U4.mp3

趣味練習

小朋友們，都學會各種天氣的講法了嗎？請將錄音中聽到與天氣有關的活動，用色筆圈起來吧！

音檔內容在 P. 217

真是一座漂亮的沙堡啊！

L17U1.mp3

That's a very pretty sandcastle!

- **What's that?**
  那是什麼？

- **A sand snowman. And you?**
  沙雪人。 你呢？

- **I'm building a sand castle. Would you like to join us, Dad?**
  我正在堆一座沙堡。 你要加入我們嗎， 爸？

- **No, I'd rather go sunbathing and wait for the sunset.**
  不了， 我寧可去做日光浴， 然後等著看夕陽。

L17U2.mp3

到海邊玩時可以這麼說

I'm building a +「沙堆物」.

I'm building a **sand castle.**

我正在堆一座沙堡。

I'm building a **sand snowman.**

我正在堆一個沙雪人。

bring +「東西」 + home

I want to bring **these seashells** home.

我想把這些貝殼帶回家。

Don't bring **the crab** home.

不要把這螃蟹帶回家。

★ Don't bring... home. 也可以換句話，說成 Leave... on the beach.

Let's go +「海邊活動」

Let's go scuba diving.

我們去潛水吧。

Let's go (to) play water volleyball.

我們去玩海灘球吧。

邊指邊認

一邊指一邊唸出到海邊玩時可能看到的東西或做的活動。

I'm building...

a sand castle
一個沙堡

a sand snowman
一個沙雪人

a large ball
一顆大球

Don't bring...home.

the seashells
貝殼

the crab
螃蟹

the abandoned goggles
別人丟的蛙鏡

Let's go...

scuba diving
潛水

play water volleyball
玩海灘球

sunbathing
做日光浴

趣味練習

炎炎夏日，最適合去海邊玩了！請將錄音中聽到海邊活動用具，塗上顏色吧！

L17U4.mp3

音檔內容在 P. 217

加油站只有兩個街區遠。

L18U1.mp3

The gas station is just two blocks away.

- **Mom. I need to pee.**
  媽。 我要尿尿。

- **OK. Let me see... where there's a toilet. Oh, yes. The gas station is just two blocks away.**
  好的。 我看看… 哪裡有廁所。 有了， 加油站只有兩個街區遠。

- **Then, let's hurry and go.**
  那麼， 我們快點走吧！

- **We'll be there soon. Try to hold it a moment.**
  我們很快就到。 稍微忍一下吧！

L18U2.mp3

在外找地方時怎麼說

be +「距離」 + away.

The playground is **just** two blocks away**.**

遊樂園離這只有兩個街區遠。

The zoo is 1 KM away**.**

動物園離這一公里遠。

★ 若要表示「沒有很遠」或是「還很遠」可以說 not too far away 或 still far away。

no +「設施、店家…」+ nearby.

There're no **U-bike stations** nearby**.**

這附近沒有 U-bike 站。

There's not a **flower shop** nearby**.**

這附近沒有花店。

Where can I find a +「地方」？

Where can I find **a hospital?**

哪裡有醫院？

Where can I find **a police station?**

哪裡有警察局？

一邊指一邊唸出在外面要找路時可能前往的地點。

L18U3.mp3

... is not far away.

The playground

遊樂園

The zoo

動物園

Our school

我們學校

No... nearby.

U-bike station

U-bike 站

flower shop

花店

library

圖書館

Where to find ...

a hospital

醫院

the police station

警局

the bank

銀行

趣味練習

他們想去哪裡呢？將錄音中聽到地點名稱，塗上顏色吧！

L18U4.mp3

音檔內容在 P. 217

我們去那邊看猴子。

L19U1.mp3

Let's go to the monkeys there.

- **So here we are. Where should we start?**
  我們到了。 我們要從哪裡開始？

- **Let's go to the monkeys there.**
  我們去有猴子的那邊。

- **They are so cute. Can I feed them?**
  他們好可愛啊。 我可以餵牠們吃東西嗎？

- **I'm afraid not. Look at the warning sign.**
  恐怕是不行。 看這警告牌。

L19U2.mp3

到動物園時可以這麼說

go to the +「動物 (-s)」 + there

Let's go to the giraffes **there.**

我們去長頸鹿那邊。

I want to go to the elephant **there.**

我想去看那邊的大象。

feed the +「動物」

Can I feed the monkeys**?**

我可以餵這些猴子食物嗎？

You can't feed the rhino**.**

你不可以餵犀牛吃東西。

★ 若要表示「餵吃什麼」可以用「feed 動物 with 食物」表示。

Don't +「動作」 + on the railings!

Don't sit on the railings**.**

別坐在欄杆上。

Don't climb on the railings**.**

別爬上欄杆。

邊指邊認

一邊指一邊唸出在外面到動物園時可能看見的動物。

Let's go to the...

giraffe
長頸鹿

elephant
大象

tiger
老虎

Don't feed the...

monkey
猴子

rhino
犀牛

turtle
烏龜

The... is staring at me!

wolf
狼

lion
獅子

boar
山豬

趣味練習

小朋友們最喜歡什麼動物呢？將錄音中聽到動物名稱塗上顏色吧！

L19U4.mp3

音檔內容在 P. 217

L20U1.mp3

我幫你照張相。
I'm taking a photo of you.

- **Look here, honey. I'm taking a photo of you.**
  親愛的，看這。我幫你照張相。

- **Wait a minute. I want a picture with my dear doll.**
  等一下。我想跟我親愛的洋娃娃一起照相。

- **Sure, no problem.**
  當然，沒問題。

- **Let me see.**
  我看看。

L20U2.mp3

戶外拍照時可以這麼說

take a photo of +「人／物」

I want to take a **beautiful** photo of **the rainbow.**

我想拍這美麗的彩虹。

Take a photo of **me here, please.**

請幫我在這裡拍張照。

★ 如果是「自拍」可以說 take a selfie。

want a picture with +「人／物」

I want a picture with **my parents.**

我想和我爸媽拍張照。

I want a picture with **my pet cat.**

我想和我的寵物貓咪拍張照。

a nice shot of +「人／物」

What a nice **close** shot of **a flower!**

這朵花的近拍很棒！

What a nice shot of **scenery!**

這風景拍得真棒！

★ close shot 就是「近拍」的意思。

邊指邊認

一邊指一邊唸出戶外拍照時可能想拍的人或景物。

L20U3.mp3

take a photo of...

the rainbow
彩虹

me
我

the underwater world
海底世界

want a picture with...

my parents
我爸媽

my pet cat
我的寵物貓

the big tree
這棵大樹

a nice shot of...

the flower
這朵花

the scenery
風景

a monkey
猴子

趣味練習

小朋友們來照相囉！請將錄音中聽到要拍下的東西塗上顏色吧！

L20U4.mp3

音檔內容在 P. 218

該起床了。
Time to get up.

L21U1.mp3

• **Time to get up, sweetie.**
該起床了，寶貝。

• **Is it? What time is it?**
是喔？幾點了？

• **It's already nine. Rise and shine.**
已經九點了。太陽要曬屁股了。

• **Five more minutes, OK?**
再五分鐘，好嗎？

早上起床後可以這麼說

Time to +「做什麼」

Time to **get up.**

該起床了。

Time to **brush your teeth.**

該刷牙了。

★ Time to-V 是 It's time to-V 的簡略說法，是「該做什麼了」的意思。

It's already +「幾點幾分」

It's already **nine o'clock.**

已經九點了。

It's already **two-thirty.**

已經兩點半了。

do +「晨操」

Let's do **some** morning exercise**.**

我們來做晨操吧！

I do **30** push-ups **every morning.**

我每天早上做 30 下伏地挺身。

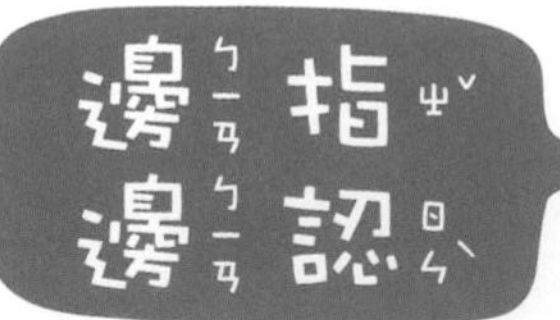

一邊指一邊唸出早上起床後可能做的事情。

It's time to...	Let's do some...	I'm already...
 get up 起床	 morning exercise 晨操	 up 起床了
brush your teeth 刷牙	push-ups 伏地挺身	 awake 醒來了
 get changed 換衣服	 yoga 瑜珈	 getting changed 換好衣服

趣味練習

小朋友們都幾點起床呢？請將錄音中聽到的時間塗上顏色吧！

L21U4.mp3

音檔內容在 P. 218

你得先刷牙才行！
You need to brush your teeth first!

L22U1.mp3

- **Dad, have you got the breakfast ready?**
  爸，早餐準備好了嗎？

- **Sure. I'm all ready.**
  當然。我都準備好了。

- **I'll go get the tableware.**
  我去拿餐具。

- **Thanks, but you need to brush your teeth first.**
  謝謝，但你得先刷牙喔！

早上起床後會做的事

get +「東西」+ ready

I've got breakfast **ready.**

我已經把早餐準備好了。

I've got tableware **ready.**

我已經把餐具準備好了。

★ get... ready 也可以用 get/be ready for... 替換

Don't forget to +「做某事」.

Don't forget to brush your teeth**.**

別忘了刷牙。

Don't forget to use the toothpaste**.**

別忘了用牙膏。

「做某事」+ first

I want to do morning exercises **first.**

我想先做個晨操。

I want to comb my hair **first.**

我想先梳一下頭。

邊指邊認

一邊指一邊唸出早上起床後會做的事情。

L22U3.mp3

get... ready	Don't forget to to...	... first
 breakfast 早餐	 brush your teeth 刷牙	 do morning exercise 做晨操
 tableware 餐具	 use the toothpaste 用牙膏	 comb your hair 梳頭
 the meal 這道餐	 water the flowers 澆花	 get changed 換衣服

趣味練習

小朋友們，早上起床後你會做什麼呢？請將錄音中聽到的活動名稱用色筆圈起來。

L22U4.mp3

音檔內容在 P. 218

早餐要吃什麼？

L23U1.mp3

What's for breakfast?

- **Mom, I'm starving. What's for breakfast?**
  媽，我餓了。早餐要吃什麼？

- **We're having pancakes for breakfast.**
  我們早餐吃鬆餅。

- **I love it!**
  我喜歡。

- **Would you like some honey on it?**
  你要不要在上面加點蜂蜜？

- **Yes, please.**
  好啊，謝謝。

L23U2.mp3

在家用餐時可以這麼說

What's for +「 餐點」

What's for **breakfast?** 早餐吃什麼？

What's for **snack?** 要吃什麼點心？

We're having +「 食物」 + for +「 餐點」

We're having **salad** for **the starter.**
我們開胃菜吃沙拉。

We're having **a hot pot** for **dinner.**
我們晚餐吃火鍋。

Would you like some +「 加料」 + on it?

Would you like some **pepper** on it?
你要不要在上面加點胡椒？

Would you like some **juice** on it?
你要不要在上面加些果汁？

★「在… 上加料」也可以用 add... to... 來表示。例如 add some pepper to the salads（加些胡椒在沙拉上）。

邊指邊認

一邊指一邊唸出餐點、食物及配料的名稱。

L23U3.mp3

What's for...	We're having...	Would you like some... on it?
 **breakfast** 早餐	 **salad for snack** 點心沙拉	 **pepper** 胡椒粉
 **snack** 點心	 **hot pot for dinner** 晚餐吃火鍋	 **juice** 果汁
 **starter** 開胃菜	 **congee for lunch** 午餐吃粥	 **soup** 湯

趣味練習

小朋友們，點心時間到了，想吃什麼呢？請將錄音中聽到想要吃的點心塗上顏色吧！

L23U4.mp3

音檔內容在 P. 218

L24U1.mp3

手上抹肥皂。
Put soap on your hands.

• **Remember to wash your hands before meals.**
記得用餐前都要洗手喔！

• **OK. They are wet now.**
好的。 手已經弄濕了。

• **Put soap on your hands.**
手上抹肥皂。

• **OK. Then rub, rub, rub my hands, right?**
好。 然後。 手要搓搓搓， 對嗎

L24U2.mp3

洗手時可以這麼說

Put +「洗手用品」+ on your hands

Put **liquid soap** on your hands.

手上抹洗手乳。

Put **some soap** on your hands.

手上抹些肥皂。

★ 你也可以用 get your hands soapy 來表示「手上抹肥皂」。

「洗手動作」+ your hands

Rub **your** hands **to make them cleaner.**

手搓一搓才會乾淨些。

Rinse **your** hands **and** dry them **with the towel.**

把手沖乾淨然後用毛巾擦乾。

Rub your +「手部」

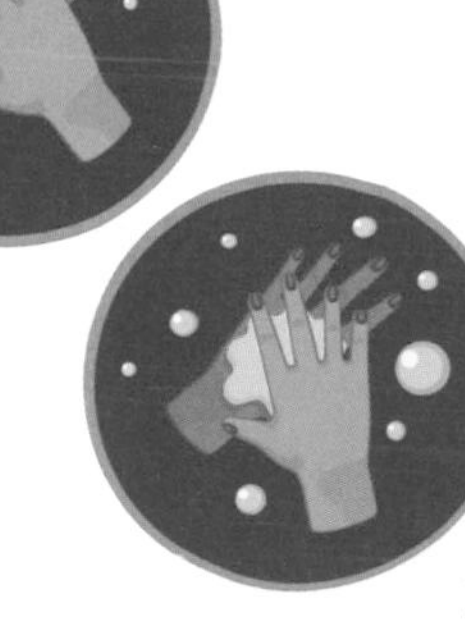

Rub **your** palms **a few times.**

將你的手心搓洗幾次。

Then rub the back of **your** hands.

然後搓洗你的手背。

你得將你的房間保持整潔。

L28U1.mp3

You need to keep your room clean.

- **Mom, did you see my baseball?**
  媽，你有看到我的棒球嗎？

- **No, but I think it must be in your room.**
  沒有，但我想一定在你房間裡。

- **I just can't find it there.**
  我就是找不到啊。

- **I think you need to clean your room.**
  我想你得整理你的房間了。

L28U2.mp3

整理房間怎麼說

keep +「 地方 」 + clean

Keep **the blanket** clean.

將地毯保持乾淨。

Always keep **the table** clean.

這桌子要一直保持乾淨。

make a mess of +「 地方 」

You make a mess of **your room again!**

你又把房間弄亂了。

Don't make a mess of **the floor.**

別把地板弄亂了。

★ 可以用 messy 來形容一個地方很凌亂。

hang +「 衣物 」 + on the peg

Hang **your dress** on the peg.

把你的洋裝掛在掛鉤上。

Hang **your T-shirt** on the peg.

把你的汗衫掛在掛鉤上。

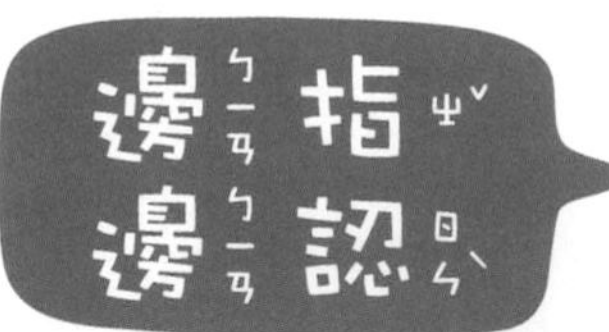

一邊指一邊唸出家裡可能凌亂或需要清理的地方。

L28U3.mp3

keep... clean

the table
桌子

your desk
你的桌子

the blanket
地毯

make a mess of...

your room
你的房間

the ground
地上

the kitchen
廚房

your dress
你的洋裝

your T-shirt
你的汗衫

your hat
你的帽子

趣味練習

是誰又把房間弄亂了？請將錄音中聽到要收拾的東西塗上顏色吧！

L28U4.mp3

音檔內容在 P. 219

L29U1.mp3

輪到你去洗澡囉！

It's your turn to bathe.

- **It's your turn to bath, sweetie.**
  親愛的， 輪到你去洗澡囉。

- **No, I don't want to bathe.**
  不， 我不想去洗澡。

- **Look. All your bath toys are waiting for you in the tub.**
  你看。 你的泡澡玩具都在浴缸等你喔！

- **Yeah! It's bath time!**
  耶！ 洗澡時間到了！

L29U2.mp3

孩子洗澡時這麼說

take a +「洗澡／洗頭」

I want to take a **bubble** bath **now.**

我想去洗個泡泡澡。

You're smelly. Go take a shower **now.**

你很臭耶。馬上去洗澡！

★ bath 是指「泡在浴缸」的洗澡；而 shower 是站在蓮蓬頭（showerhead）下面沖澡。

It's your turn to +「洗澡／洗頭」

It's your turn to **bathe.**

輪到你去洗澡囉。

It's your turn to **shampoo.**

輪到你去洗頭囉。

「洗澡用品」+ has run out.

Our body wash **has run out.**

我們的沐浴乳用完了。

The shampoo **has run out.**

洗髮精用完了。

一邊指一邊唸出洗澡、洗頭以及會用到的東西。

L29U3.mp3

Go take a...	Your turn to...	... has run out.

bath 洗澡	**bathe** 洗澡	**The body wash** 沐浴乳

shower 沖澡	**shampoo** 洗頭	**The shampoo** 洗髮精

shampoo 洗頭	**shower** 沖澡	**The toothpaste** 牙膏

趣味練習

小朋友們，洗澡時間到囉！請將錄音中聽到與洗澡會用到的東西塗上顏色吧！

L29U4.mp3

音檔內容在 P. 219

我來給你講個床邊故事。

I'll tell you a bedtime story.

L30U1.mp3

• **It's about time for bed, sweetie.**
親愛的， 差不多該睡覺囉。

• **No, I'm not sleepy yet.**
不， 我現在還不睏。

• **OK. Just come here, and I'll tell you a bedtime story.**
沒關係。 來這兒， 我給你說個睡前故事。

• **I want the story of *The Mermaid*.**
我想聽《 美人魚》的故事。

L30U2.mp3

睡前故事時間可以這麼說

Can you +「說／唱…」+ for me?

Can you play guitar and sing a song **for me?**

你可以用吉他彈一首歌給我聽嗎？

Can you tell a fairy tale **for me?**

你可以講個童話故事給我聽嗎？

can't sleep without +「聽故事／聽歌」

I can't sleep without **listening to a bedtime story.**

我沒聽床邊故事的話睡不著覺。

I can't sleep without **listening to light music.**

我沒聽首輕音樂的話睡不著覺。

It makes me +「愛睏／睡著／睡不著」

It makes me sleepy.

它讓我想睡覺。

It makes me asleep.

它讓我睡著了。

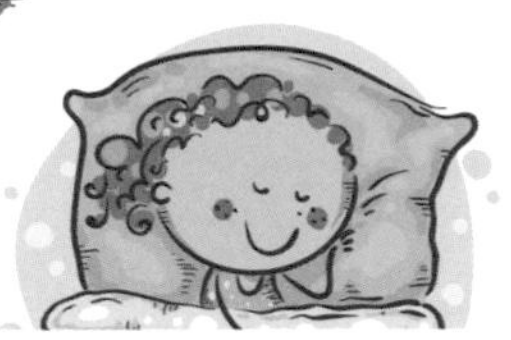

邊指邊認

一邊指一邊唸出
bedtime時可以說的話。

L30U3.mp3

Can you... for me?

sing a song
唱首歌

tell a fairy tale
說個童話故事

play a song on the flute
用笛子吹一首歌

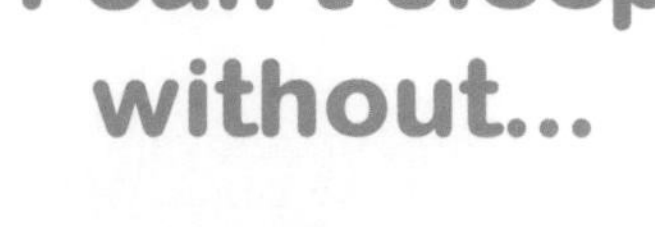

listening to a bedtime story
聽個床邊故事

listening to light music
聽輕音樂

turning off the lamp
把燈關掉

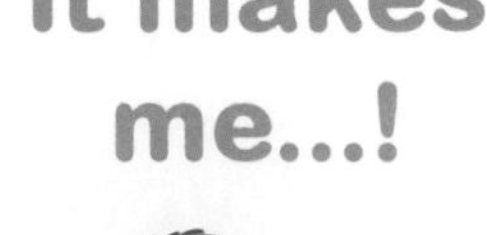

sleepy
想睡

asleep
睡著

awake
醒著／睡不著

趣味練習

小朋友們最喜歡什麼樣的樂器呢？請將錄音中聽到的樂器名稱塗上顏色吧！

音檔內容在 P. 219

你怎麼了？
What's wrong with you?

L31U1.mp3

- **Why are you crying, honey?**
  親愛的， 你為什麼在哭呢？

- **I bumped my head. It hurts so much.**
  我撞到頭了。 好痛啊。

- **Let me rub it for you.**
  我幫你揉一揉。

- **Thank you. You're the best.**
  謝謝。 你最好了。

表達關心時怎麼說

What's wrong with +「人」？

What's wrong with **your sister?**

你的妹妹怎麼了嗎？

What's wrong with **your dog?**

你的狗怎麼了？

★「What's wrong with...」也可以用「What happened to...」來換句話說。

Why are you so +「負面情緒」？

Why are you so sad**?**

為什麼你這麼傷心？

Why are you so angry**?**

為什麼你這麼生氣？

「人」+ look +「負面情緒」.

You look **worried. Are you OK?**

你看起來很憂心。你還好嗎？

He looks **a bit anxious. Is he OK?**

他看起來有點焦慮。他還好嗎？

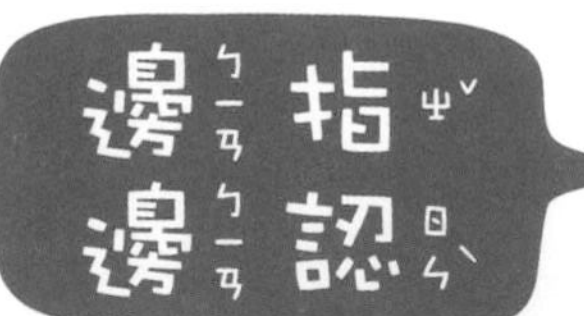

利用我們剛剛學會如何關懷別人的話，和 Daddy 或 Mommy 一起練習吧！

L31U3.mp3

What's wrong with...?

your sister
你的妹妹

your dog
你的狗

your brother
你弟弟

Why are you so...?

sad
傷心的

angry
生氣的

sleepy
愛睏的

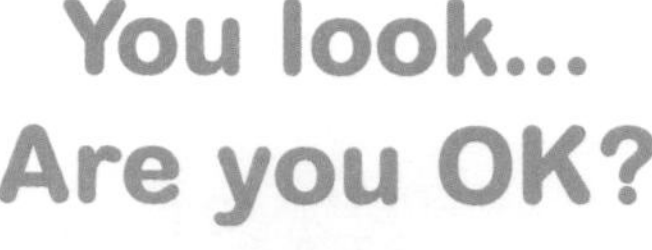

worried
憂心的

anxious
焦慮的

upset
煩躁的

趣味練習

小朋友們學會關心別人的話了嗎？請將錄音中聽到的「情緒表現」塗上顏色吧！

L31U4.mp3

音檔內容在 P. 220

我可以玩這個嗎？

L32U1.mp3

Can I play with this?

- **What are you two fighting about?**
  你們兩個在吵什麼？

- **That's my toy, and he took it.**
  那是我的玩具， 他把它拿走了。

- **Jack, did you ask John first?**
  傑克， 你有先問過約翰嗎？

- **No, I didn't.**
  不， 我沒有。

- **Well, you should ask before you take it.**
  嗯， 你在拿走之前應該先問一下。

- **OK. John, can I play with this?**
  好吧。 約翰，
  我可以玩這個嗎？

L32U2.mp3

處理孩子爭執時怎麼說

ask +「 某人 」 + first

Did you ask your brother first?

你有先問過你哥哥嗎？

You should ask David first.

你應該先問過大衛。

fight about +「 事物 」

What are you fighting about?

你們在吵什麼？

They are fighting about the toys.

他們為了玩具爭吵。

★ fight about 也可以用 fight over 表示。

play with +「 玩具 」

Can I play with this?

我可以玩這個嗎？

Can I play with the robot?

我可以玩這機器人嗎？

★ play 後面要先有 with 才能接「 玩具 」喔！

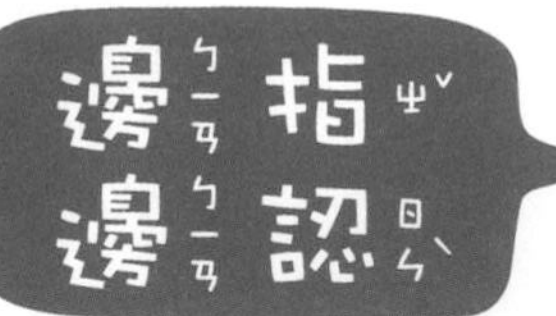

一邊指一邊唸出剛剛學會與小孩爭吵有關的人事物。

L32U3.mp3

Did you ask... first?

your brother
你哥哥

your sister
你的妹妹

the little boy
這小男孩

We're fighting about...

the toys
玩具

the blocks
積木

the doll
玩偶

Can I play with..?

the drum
鼓

the toy bear
玩具熊

the toy ship
玩具船

趣味練習

小朋友們，你知道各種玩具的英文怎麼說嗎？請將錄音中聽到的玩具名稱塗上顏色。

音檔內容在 P. 220

馬上下來！
Get down from there, now!

L33U1.mp3

- **Why are you hiding up here?**
  你為什麼躲在上面？

- **Hush! We're playing hide and seek, daddy.**
  噓！ 我們在玩捉迷藏。

- **OK. I see. But get down from there now, or else you may fall.**
  好， 了解。 但你馬上下來， 不然你會摔下來。

- **Then give me a hand, please.**
  那請你幫我一下囉。

L33U2.mp3

有危險狀況時怎麼說

What are you doing +「在危險處」?

What are you doing **up there?**

你們在上面幹嘛?

What are you doing **on the wall?**

你在牆上幹嘛?

Get down from +「某位置」

Get down from **the tree.**

從樹上下來。

Get down from **the ladder.**

從梯子下來。

Or else you may +「出事情」.

Or else you may **fall.**

否則你會摔下來。

Or else you may **hurt your foot.**

否則你的腳會受傷。

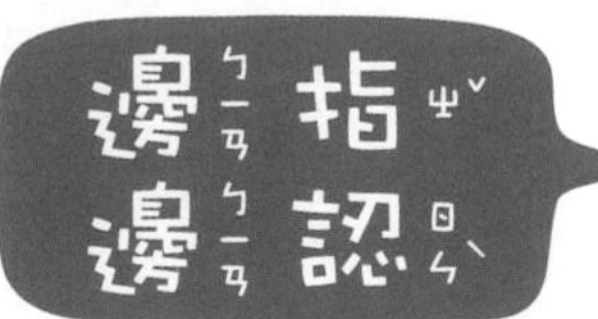

一邊指一邊唸出日常生活中可能發生的危險或地方。

L33U3.mp3

What are you doing... ?

up the tree
在樹上面

on the wall
在牆上

in the kitchen
在廚房裡

Get down from...

the tree
樹上

the ladder
梯子

the chair
椅子

You may...

fall
掉下來

hurt your foot
腳會受傷

hurt your jaw
下巴受傷

趣味練習

L33U4.mp3

小朋友們，在玩遊戲時要小心，否則會受傷喔！請將錄音中聽到的可能遇到危險的人塗上顏色。

音檔內容在 P. 220

L34U1.mp3

你們剛剛做了什麼？
What did you just do?

- **You two, come here.**
  你們兩個，過來。

- **Yes, Mom.**
  是的，媽。

- **What did you just do?**
  你們剛剛做了什麼？

- **We broke the vase...**
  but it's Gary,
  who threw the ball.
  我們打破花瓶了…
  但那是蓋瑞，
  是他扔的球。

- **Go back to your room now,**
  and no video games for you this whole week.
  馬上回你們的房間去，你們這一整個星期都不准打電動。

L34U2.mp3

訓斥孩子時怎麼說

I told you not to +「玩耍」.

I told you not to **ride the scooter in the house.** 我告訴過你不要在屋內溜滑板車。

I told you not to **kick the ball in the house.**
我告訴過你不要在屋內踢球。

★「溜滑板車」的「溜」也可以用 push 但可別用 slide 喔！

No +「休閒」+ for you +「時間」.

No **TV** for you **tonight.**
你今天晚上不准看電視。

No **video games** for you **this weekend.**
你這週末不准打電動。

Don't you +「行為」+ like that!

Don't you **act** like that.
不准你有那樣的行為。

Don't you **talk** like that.
不准你那樣說話。

★ 這是否定命令句的一種！

一邊指一邊唸出訓誡孩子時可能會說的話。

L34U3.mp3

I told you not to...

ride the scooter in the house
在屋內溜滑板車

kick the ball in the house
在屋內踢球

play tennis in the house
在屋內打網球

No... for you tonight.

TV
（看）電視

computer games
電腦遊戲

ice cream
冰淇淋

Don't you... like that.

act
動作

talk
講話

shout
喊叫

L34U4.mp3

趣味練習

小朋友們不可以在屋子裡玩一些危險的遊戲喔！ 請將錄音中聽到的活動名稱塗上顏色。

音檔內容在 P. 220

我想你今天應該待在家裡。

L35U1.mp3

I think you should stay home today.

- **Mom, I feel a bit sick.**
  媽，我有點不舒服。

- **What's the matter?**
  怎麼了？

- **I have a sore throat and a runny nose.**
  我感覺喉嚨痛，還會流鼻水。

- **I think you should stay home today.**
  我想你今天應該待在家裡。

L35U2.mp3

身體不舒服時怎麼說

have +「 不舒服症狀」.

I have **a headache.**

我頭痛。

You have **a bad cough.**

你咳得很厲害。

I think you should +「 做什麼」.

I think you should **stay in bed.**

我想你應該躺在床上。

I think you should **drink more water.**

我想你應該多喝水。

Does +「 身體部位」 + hurt?

Does **your waist** hurt?

你的腰會痛嗎？

Does **your foot** hurt?

你的腳會痛嗎？

★ 也可以用「 have/get a pain in the + 身體部位」 來表示。

邊指邊認

一邊指一邊唸出剛剛學過身體不舒服時會說的話。

L35U3.mp3

I have a...

headache
頭痛

bad cough
咳得很厲害

sore throat
喉嚨痛

I think you should...

stay in bed
躺在床上

drink more water
多喝水

have more rest
多休息

Does your... hurt?

waist
腰

foot
腳

ear
耳朵

趣味練習

小朋友們身體不舒服時都怎麼跟爸媽說的呢？ 請將錄音中聽到不舒服的狀況塗上顏色。

L35U4.mp3

音檔內容在 P. 220

別把你的垃圾留在這兒。

L36U1.mp3

Don’t leave your trash here.

- **Dave, you shouldn’t leave your trash here.**
  大衛，你不該把垃圾留在這兒。

- **But I can’t find a litterbin around.**
  但附近我找不到垃圾桶。

- **Just bring it with you until you see one.**
  那就帶著吧，看到垃圾桶再丟。

- **OK. Let’s go.**
  好的。我們走吧。

L36U2.mp3

勸導孩子保護環境時可以這麼說

Don't leave +「垃圾」+ here.

Don't leave **the empty bottle** here.

別把空瓶子留在這兒。

Don't leave **the plastic bags** here.

別把垃圾袋留在這兒。

Love our +「生態環境」.

Love our **environment.**

愛護我們的環境。

Love our **Earth.**

愛護我們的地球。

★ 也可以將 Love 替換成 Protect（保護）。

「做環保」+ to protect our Earth.

Do recycling **to protect our Earth.**

做資源回收來保護我們的地球。

Save water **to protect our Earth.**

節約用水來保護我們的地球。

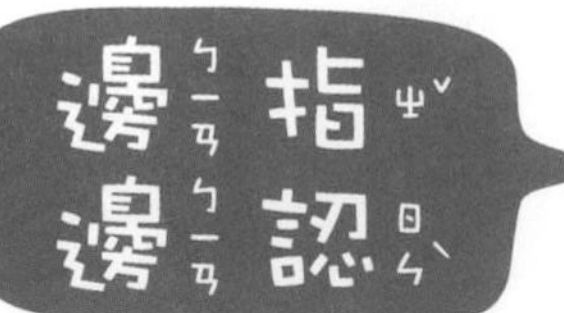

一邊指一邊唸出勸導孩子保護環境時可以說的話。

L36U3.mp3

Don't leave... here.	Love our...	... to protect our Earth.
 the empty bottle 空瓶子	 environment 環境	 Do recycling 做資源回收
 the plastic bags 垃圾袋	 Earth 地球	 Save water 節約用水
 old food 用過的食物	 wildlife 野生動物	 Save electricity 節約用電

趣味練習

小朋友們記得垃圾不可以亂丟，而且要做資源回收喔！請將錄音中聽到愛護環境的做法塗上顏色。

音檔內容在 P. 221

L37U1.mp3

媽媽在這。別怕！
Mom's here. Don't panic!

- **(scream) Mommy!**
  （尖叫）媽咪！

- **Don't panic. It's just a crash of thunder.**
  別怕。只是打雷。

- **I'm still scared. Can you stay with me?**
  我還是害怕。你可以陪著我嗎？

- **Sure.**
  當然。

L37U2.mp3

設法讓孩子安心時怎麼說

It was just a +「 怕怕的事」.

It was just a **nightmare.**

那只是個噩夢。

It was just a **flash of lightning.**

那只是閃電。

I'll kick the +「 怪物」 + out.

I'll kick the **monster** out.

我會把這隻怪獸踢出去。

I'll kick the **vampire** out.

我會把這隻吸血鬼踢出去。

「 某人」 + be here with you.

Mommy's here with you.
Don't panic.

媽咪跟你在這邊。 別怕。

Daddy's here with you.
Take it easy.

爸爸跟你在這邊。 放輕鬆。

一邊指一邊唸出要讓孩子安心時，可以說的話。

L37U3.mp3

It was just a...

nightmare
噩夢

a flash of lightning
閃電

dummy dinosaur
假恐龍

I'll kick the... out.

monster
怪獸

vampire
吸血鬼

ghost
鬼

... here with you.

Mommy's
媽咪

Daddy's
爸爸

I'm
我

趣味練習

L37U4.mp3

生活中難免遇到讓人好怕怕的事情，別擔心，爸媽在你身邊喔！請將錄音中聽到讓小朋友受到驚嚇的狀況塗上顏色。

音檔內容在 P. 221

L38U1.mp3

我不曉得這題怎麼解。

I don't know how to solve this problem.

- (sobbing) I don't know how to solve this math problem.
  （啜泣）我不曉得這數學題怎麼解。

- Let me see. Ah... Seems difficult for me, too!
  我看看。呃⋯似乎對我來說也很難呢！

- I need to hand it in tomorrow! What can I do?
  我明天得交作業啊！怎麼辦？

- No worries. Just go ask your teacher or classmates tomorrow.
  別擔心。明天再去問問老師或同學。

L38U2.mp3

孩子課業問題相關用語

I don't know +「如何做…」.

I don't know **how to solve this.**

我不知道怎麼解這題。

I don't know **how to spell the word.**

我不知道怎麼拼這個字。

No worries about +「課業問題」.

No worries about **the math questions.**

別擔心數學問題。

No worries about **the poor grades.**

別擔心分數不及格。

What's going on with +「課業」?

What's going on with **your homework?**

你的家庭作業做得如何了？

What's going on with **your summer exercise?**

你的暑期作業做得如何了？

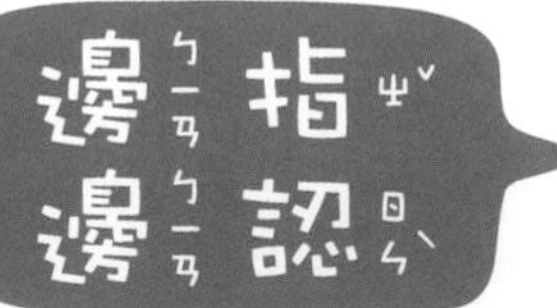

一邊指一邊唸出孩子課業的相關用語。

L38U3.mp3

I don't know...

how to solve this
怎麼解這題

how to spell the word
怎麼拼這個字

how to answer the question
怎麼回答這問題

No worries about...

the math question
數學問題

the poor grades
分數不及格

my paper craft
我的勞作

What's going on with...?

your homework
你的家庭作業

your summer exercise
你的暑期作業

winter homework
寒假作業

趣味練習

小朋友們在課業上遇到問題也可以跟爸媽討論喔！ 請將錄音中聽到的課業問題塗上顏色。

L38U4.mp3

解答在 P. 221

這裡有幾種動物呢？

L39U1.mp3

How many animals are here?

- Take a look at the picture.
  你看這張圖。

- How cute! This is a cow... and that's a goat.
  好可愛啊！ 這是牛⋯ 然後，那是羊。

- Then how many animals are here?
  那這裡有幾種動物呢？

- I have no idea.
  我不知道。

- Count with me. One, two, three...
  跟我一起數。一、二、三⋯

L39U2.mp3

認識與數字有關的表達

How many +「東西」+ are there?

How many **animals are there?**

有幾種動物？

How many **alphabet letters are there?**

有幾個字母？

There are +「數字」+「人／物」.

There are **7 carrots.**

有七個胡蘿蔔。

There are **10 carrots.**

有十個胡蘿蔔。

Count with me + (from +「數字」) to +「數字」

Count with me from **one** to **five.**

跟我一起從 1 數到 5。

Count **down** with me from **10**.

跟我一起從 10 開始倒數。

★ count down 就是「倒數計時」的意思。

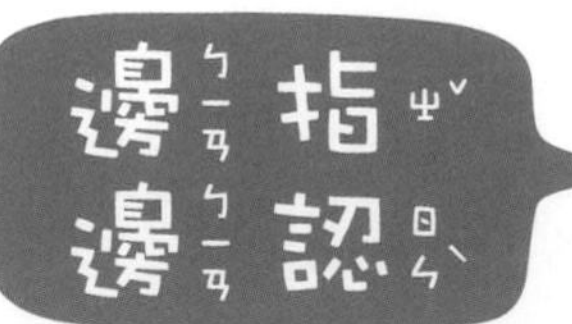

L39U3.mp3

一邊指一邊唸出數字與身體部位。

There are... carrots.

three

三個

six

六個

nine

九個

How many... do you have?

eyes

眼睛

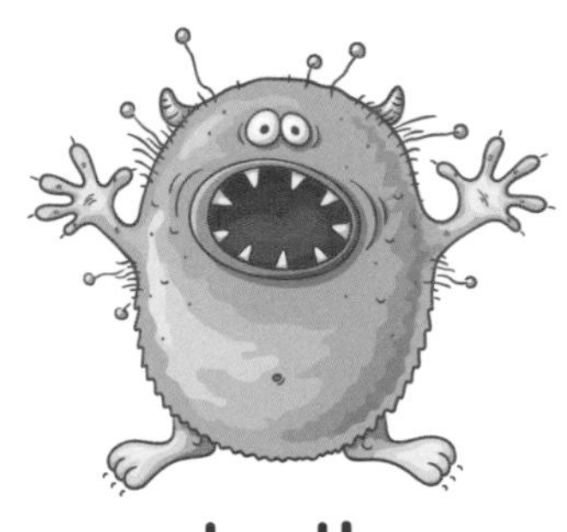

teeth

牙齒

fingers

手指

Count (down) with me to...

five

五

twelve

十二

ABC
ABCDEFGHIJKLM
NOPQRSTUVWXYZ

twenty-six

二十六

趣味練習

小朋友們都學會數字的英文怎麼說了嗎？請將錄音中聽到的數字，在胡蘿蔔上面塗上顏色。

L39U4.mp3

音檔內容在 P. 221

我九月時就會送你去幼稚園。

I'll send you to kindergarten in September.

- **Dad, when will I go to school?**
  爸，我什麼時候要去上學？

- **Well, I'll send you to kindergarten in September.**
  嗯，我九月時就會送你去幼稚園。

- **What month is it now?**
  現在是幾月？

- **It's June, three months before Sept.**
  現在是六月，離九月還有三個月的時間。

L40U2.mp3

各個月份怎麼說

Today is +「 月份 」 +「 數字 」 .

Today is **February 28.**

今天是二月二十八日。

Today is **December 31,**
the last day of a year.

今天是十二月 三十一日，一年的最後一天。

I was born in +「 月份 」 .

I was born in **January.**

我是在一月出生的。

I was born in **July.**

我是在七月出生的。

「 月份 」 + comes before/after +「 月份 」

April comes before **May.**

四月在五月前面。

November comes after **October.**

十一月在十月後面。

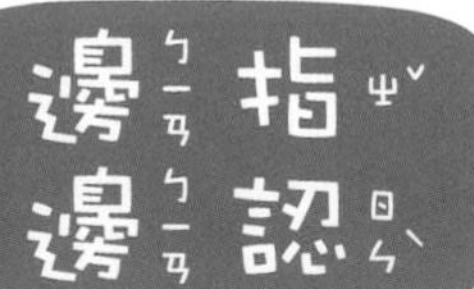

一邊指一邊唸出各個月份的英文。

L40U3.mp3

Today is...

February 28

二月二十八日

December 25

十二月二十五日

June 15

六月十五日

I was born in...

January

一月

July

七月

March

三月

... comes before/after...

April... May

四月⋯ 五月

November... October

十一月⋯ 十月

July... August

七月⋯ 八月

趣味練習

小朋友們都記得每個月的英文了嗎？請將錄音中聽到的月份塗上顏色。

L40U4.mp3

音檔內容在 P. 221

今年冬天真冷啊！

L41U1.mp3

It's really cold this winter!

- **Oh mom, it's really cold this winter!**
  哇，媽，今年冬天真冷啊！

- **Yeah. I can't stop trembling.**
  是啊。我也一直在發抖。

- **Can I turn on the heater?**
  我可以打開暖爐嗎？

- **Sure. Go ahead.**
  當然。去開吧。

L41U2.mp3

各個季節相關用語

It's (so/really) +「冷／熱」+「季節」.

It's so cold **this** winter.

今年冬天好冷啊。

It's so hot **this** summer.

今年夏天好熱啊。

★「春夏秋冬」名詞前面常用 in。
如 in summer（在夏天）。

can't stop +「身體反應 -ing」.

I can't stop **trembling.**

我一直在發抖。

I can't stop **sweating.**

我一直在流汗。

It's not yet/already +「季節」.

It's already **spring.**

春天到了。

It's not yet **autumn.**

秋天還沒到。

★ 秋天的另個說法是 fall。

邊指邊認

一邊指一邊唸出各個季節以及有關的表達用語。

L41U3.mp3

It's... this...

cold... winter

冷…… 冬天

hot... summer

熱…… 夏天

nice and cool... autumn

涼爽…… 秋天

I can't stop...

trembling

發抖

sweating

流汗

getting thirsty

口渴

It's not yet/ already...

spring

春天

autumn

秋天

winter

冬天

趣味練習

小朋友們都知道一年有四季，那麼每個季節的英文也都記得了嗎？請將錄音中聽到的季節相關活動塗上顏色。

音檔內容在 P. 222

你可以發現任何綠色的東西嗎？

L42U1.mp3

Can you find anything green?

- **Can you find anything green at this stall?**

  你可以在這攤販上找找綠色的東西嗎？

- **The vegetables.**

  蔬菜。

- **Great. What else is green?**

  很好。 還有什麼是綠色的呢？

- **The apples.**

  蘋果。

- **That's right.**

  沒錯。

L42U2.mp3

與顏色有關的表達

Can you find anything +「顏色」?

Can you find anything red?

你可以找找任何紅色的東西嗎？

Can you find anything green?

你可以找找任何綠色的東西嗎？

What else is +「顏色」?

What else is **pink?**

還有其他粉紅色的嗎？

What else is **blue?**

還有其他藍色的嗎？

Color it +「顏色」.

Color it **yellow.**

把它塗上黃色。

Color it **purple.**

把它塗上紫色。

★ 如果要表示把什麼東西「漆上」什麼顏色，就用 paint，例如 Paint it orange.（把它漆成紫色。）

L42U3.mp3

邊指邊認

一邊指一邊唸出各種顏色的英文。

Can you find anything...?

red

紅色的

green

綠色的

brown

棕色的

What else is...?

pink

粉紅色

blue

藍色

grey

灰色

Color it...

yellow

黃色

purple

紫色

black

黑色

趣味練習

小朋友們，各種顏色的英文都記得了嗎？請根據錄音內容，塗上指定的顏色吧！

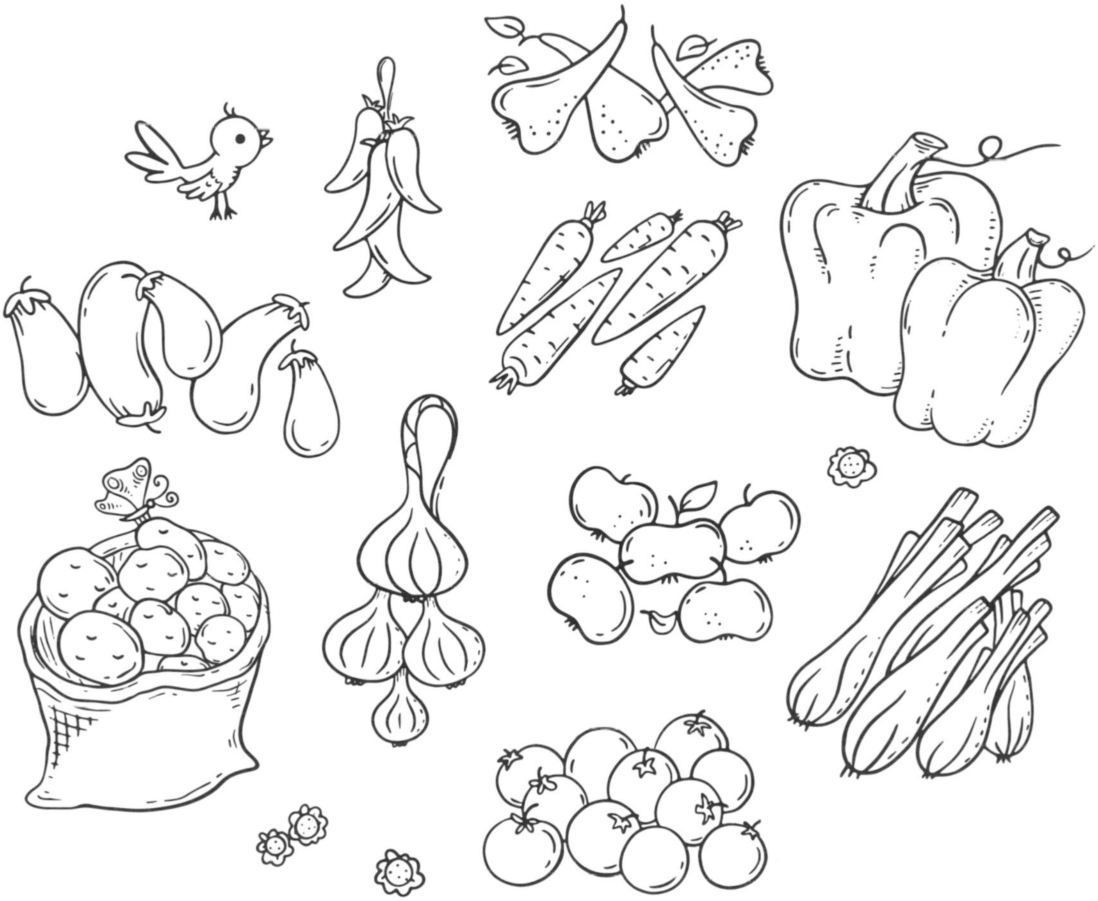

L42U4.mp3

音檔內容在 P. 222

他是我們的超級英雄！ He's our superhero!

L43U1.mp3

- **Mom, where's daddy?**
  媽咪。爸爸人呢？

- **He's busy in the garden.**
  他在花園裡忙著呢。

- **Wow! It becomes so beautiful.**
  哇！它變得好漂亮。

- **Your dad is cool. He can cook, garden and he's a famous baker.**
  你爸很棒。他會煮飯、園藝且他是個有名的麵包師傅。

- **And he takes good care of me. He's our superhero!**
  而且他把我照顧得很好。他是我們的超級英雄。

L43U2.mp3

與職業有關的表達

What do(es) +「某人」+ do?

What do you **do?**

你是做什麼的？

What does your father **do?**

你父親是做什麼的？

★ 可以直接用 He is a teacher/doctor/gardener... 來回答。另外，「What do you do?」別跟「How do you do?」（你好嗎？）搞混囉！

「某人」+ works as a(n) +「職業」.

My father works as an **accountant.**

我父親擔任會計的工作。

My mother works as a **teacher.**

我母親擔任老師的工作。

Is +「人」+ a(n) +「職業」?

Is **your father** a farmer?

你父親的職業是農夫嗎？

Is **your sister** a waitress?

你姊姊是當服務生嗎？

L43U3.mp3

邊指邊認

一邊指一邊唸出各種職業的英文。

My father is a...	My mother works as a...	Is your brother a...?

doctor
醫生

teacher
老師

musician
音樂家

farmer
農夫

waitress
女服務生

photographer
攝影師

sportsman
運動員

housewife
家庭主婦

gardener
園丁

趣味練習

L43U4.mp3

小朋友們，各種職業的英文都記得了嗎？請根據錄音內容，將有提到的職業塗上顏色。

Accountant

Teacher

Farmer

Sportsman

Musician

Waitress

Doctor

Photographer

Pensioners

音檔內容在 P. 222

L44U1.mp3

我們星期一有英文課。
We have English on Monday.

- **What classes do you have on Monday?**
  你星期一有什麼課呢？

- **We have English, PE and music.**
  我們有英文、 體育還有音樂課。

- **So, are you ready for your English exam?**
  那麼， 你的英文考試準備好了嗎？

- **Of course. I'm sure I will get a better grade this time.**
  當然。 我有信心我這次的成績會更好。

L44U2.mp3

與學校課程有關的表達

What do you have +「on + 星期幾」？

What do you have on **Monday?**

你們星期一有什麼課？

What do you have on **Tuesday?**

你們星期二有什麼課？

★ 星期三到星期日的英文分別是 Wednesday、Thursday、 Friday、 Saturday、 Sunday。

When do you have +「 學科 」 ？

When do you have P.E.?

你們什麼時候上體育課？

When do you have music?

你們什麼時候上音樂課？

★ P.E. 就是 physical education。

get ready for +「 學科或考試 」

I have to get ready for my math class.

我得去準備一下我的數學課。

Have you got ready for your science class?

你的自然科學課準備好了嗎？

L44U3.mp3

邊指邊認

一邊指一邊唸出學校裡要上的課程名稱。

I have... on Mondays.	When do you have...?	I'm ready for my... test.
 English class 英文課	 geography class 地理課	 math 數學
 P.E. 體育課	 art class 美術課	 science 自然科學
 music 音樂課	 paper craft class 勞作課	 Chinese 中文

趣味練習

L44U4.mp3

小朋友們，你最喜歡哪個科目呢？請根據錄音內容，將聽到的科目塗上顏色。

音檔內容在 P. 222

你知道爸爸的電話號碼嗎？

L45U1.mp3

Do you know Daddy's phone number?

- **Tell me your name.**
  告訴我你的名字。

- **Cindy Wang.**
  仙蒂王。

- **Do you know Daddy's phone number?**
  你知道爸爸的電話號碼嗎？

- **0987-168-168?**
  0987-168-168 嗎？

- **That's right.
  Always remember it.**
  沒錯。 要一直記住喔。

L45U2.mp3

教孩子記住爸媽的聯絡方式

Tell me your +「名字／電話／住處」？

Tell me your **name.** 告訴我你的名字。

Tell me your **home phone number.**

告訴我你的家裡電話號碼。

Do you know +「名字／電話／住處」？

Do you know your dad's name**?**

你知道爸爸的名字嗎？

Do you know your home address**?**

你知道你家的地址嗎？

★ Do you know 也可以替換成 Can you tell me。

find +「可連絡處」+ for help

Try to find **a police station** for help.

試著找到警察局尋求協助。

Try to find **the service center** for help.

試著找到服務台尋求協助。

邊指邊認

一邊指一邊唸出萬一在外迷路時要記住的東西。

L45U3.mp3

Tell me your...

name

名字

home phone number

家裡電話號碼

where you live

你住在哪

Do you know...?

your dad's name

你爸爸的名字

your home address

你家的地址

your mom's number

你媽媽的電話號碼

find... for help

a police station

警察局

the service center

服務台

the staff

工作人員

L45U4.mp3

趣味練習

小朋友們，記住爸爸媽媽的名字和電話了嗎？請根據錄音內容，在上面空白處寫下你自己的答案吧。

音檔內容在 P. 223

L46U1.mp3

今天你是壽星。

Today you’re the birthday boy.

- **Happy Birthday, Baby!**
  生日快樂， 寶貝！

- **Wow! I’m so surprised.**
  哇！ 我太驚喜了。

- **Today you’re the birthday boy. And this is for you.**
  今天你是壽星。 這是給你的。

- **Thank you.**
  謝謝你們。

- **Make a wish.**
  許個願吧。

幫孩子慶生時這麼說

L46U2.mp3

This is your +「蛋糕／禮物」.

This is your **birthday cake.**

這是你的生日蛋糕。

This is your **birthday gift.**

這是你的生日禮物。

Let's +「慶生活動」.

Let's sing a birthday song**.**

我們來唱生日快樂歌吧。

Let's make a birthday wish**.**

我們來許生日願望吧。

Today you are the birthday +「男／女孩，孩子」.

Today you are the birthday boy**.**

今天你是壽星。

Today you are the birthday girl**.**

今天你是壽星。

★ 其實英文裡沒有「壽星」這種表達，一般會說 "It's your birthday!"，但如果是對小朋友，可以說 birthday boy/girl。

邊指邊認

一邊指一邊唸出幫孩子慶生時會說的話。

L46U3.mp3

This is your...

birthday cake
生日蛋糕

birthday gift
生日禮物

birthday party
生日派對

Let's...

sing a birthday song
唱生日快樂歌

make a birthday wish
許生日願望

open your gifts
打開你的生日禮物

Today you are the...

birthday boy
壽星

birthday girl
壽星

birthday kids
小壽星

趣味練習

小朋友們，生日的時候收到什麼禮物呢？請根據錄音內容，把小朋友收到的生日禮物塗上顏色吧。

L46U4.mp3

音檔內容在 P. 223

我們來為她做點特別的事。

Let's do something special for her.

L47U1.mp3

- **Dad, next Sunday will be Mother's Day.**
  爸，下星期日是母親節了。

- **Then let's do something special for her.**
  那麼我們來為她做點特別的事吧！

- **I have a good idea.**
  我有個好主意。

- **What's that?**
  是什麼？

- **Let's make a Mother's Day card for her.**
  我們做張卡片給她。

L47U2.mp3

母親節時可以這麼說

proud to be your +「稱謂」.

I'm so proud to be your **son.**

能當您兒子我感到驕傲。

I'm so proud to be your **daughter.**

能當您女兒我感到驕傲。

lucky to have you as my +「稱謂」.

I'm so lucky to have you as my **mother.**

我有您這位母親真是幸運。

I'm so lucky to have you as my **kids.**

我有你們這些孩子真是幸運。

「禮物」+ is especially for you.

This rose is especially for you.

這玫瑰花是特別給您的。

This card is especially for you.

這卡片是特別給您的。

★ 也可以說「... is a token of my love for you.」（… 代表我對您的愛）。

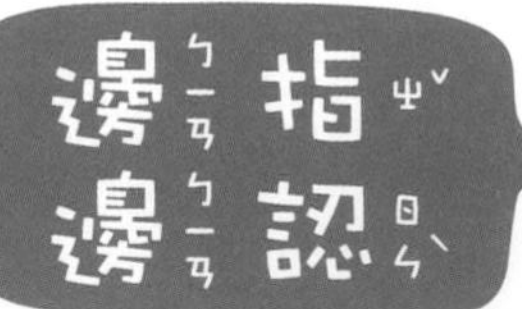

一邊指一邊唸出要表達感謝的人或用來表達感謝的東西。

L47U3.mp3

proud to be your...

son

兒子

daughter

女兒

kids

孩子們

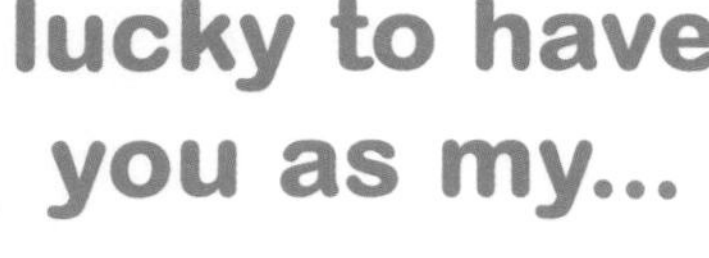

mother

母親

kids

孩子們

father

父親

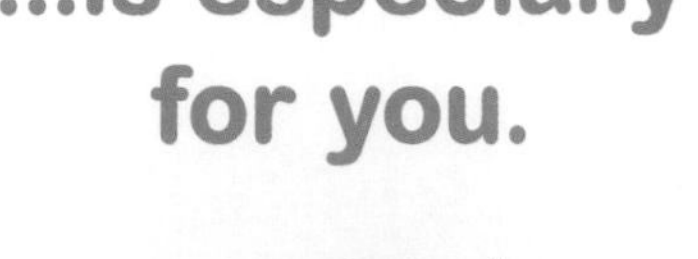

This rose

玫瑰

This card

卡片

This gift

禮物

趣味練習

L47U4.mp3

小朋友們，母親節時會想送什麼東西給媽媽呢？請根據錄音內容，把小朋友要送給媽媽的東西塗上顏色吧。

音檔內容在 P. 223

L48U1.mp3

我們來裝飾聖誕樹。
Let's decorate the Christmas tree.

- **Christmas is coming.**
  聖誕節快到了。

- **Let's decorate the Christmas tree.**
  我們來裝飾聖誕樹。

- **Will we have a Christmas party?**
  我們會舉辦聖誕派對嗎？

- **Sure. And your grandparents will come join us.**
  當然。 而且爺爺奶奶會來加入我們喔。

L48U2.mp3

慶祝聖誕節時可以這麼說

a gift from +「某人」

It's a gift from **Santa.**

這是聖誕老公公送的禮物。

It's a gift from **our teacher.**

這是我們老師送的禮物。

「食物」 + for X'mas feast

I want seafood for my X'mas feast.

我想吃海鮮聖誕大餐。

How about bread and fruit for the X'mas feast? 來個麵包水果聖誕大餐如何？

go as +「人物」

I want to go as **Santa Claus in the Christmas party.**

我想在聖誕派對上扮成聖誕老人。

I want to go as **a rabbit in the Christmas party.** 我想在聖誕派對上扮成兔寶寶。

★ go as... 是「扮成…」的意思，
也可以說「dress up as...」

邊指邊認

一邊指一邊唸出聖誕派對上的人或物。

L48U3.mp3

It's a gift from...

Santa
聖誕老公公

our teacher
我們老師

Grandma
奶奶

... for the X'mas feast

seafood
海鮮

bread and fruit
麵包與水果

a bowl of fruit salad
一碗水果沙拉

I want to go as...

Santa Claus
聖誕老人

a rabbit
兔寶寶

a superman
超人

L48U4.mp3

趣味練習

小朋友們，在聖誕派對上想要打扮成什麼呢？請根據錄音內容，把小朋友想要裝扮的人物塗上顏色吧。

音檔內容在 P. 223

你要做什麼來表示對爸爸的愛呢？

L49U1.mp3

What will you do to show your love for Daddy?

- **You know what day it is tomorrow?**
  你知道明天是什麼日子嗎？

- **Tomorrow? It's... August 8. Woah! It's Father's Day!**
  明天？ 明天是… 八月八日。 哇！ 是父親節。

- **So what will you do to show your love for Daddy?**
  那麼你要做什麼來表示對爸爸的愛呢？

- **Umm... I think 'll draw a picture for him.**
  嗯… 我想我會畫一張畫給他。

L49U2.mp3

父親節時可以這麼說

Happy Father's Day to + 「特別形容的父親」！

Happy Father's Day to **our coolest Dad.**

祝我們最酷的父親，父親節快樂。

Happy Father's Day to **my superman Dad.**

祝我的超人爸爸，父親節快樂。

Thank you (very much) for + 「父親的好」.

Thank you very much for **your effort.**

謝謝您的努力。

Thank you for **teaching me how to fish.**

謝謝您教我怎麼釣魚。

feel +「感受」+ to be your +「兒女」.

I feel honored to be **your son.**

能當您的兒子我感到光榮。

I feel proud to be **your daughter.**

能當您的女兒我感到驕傲。

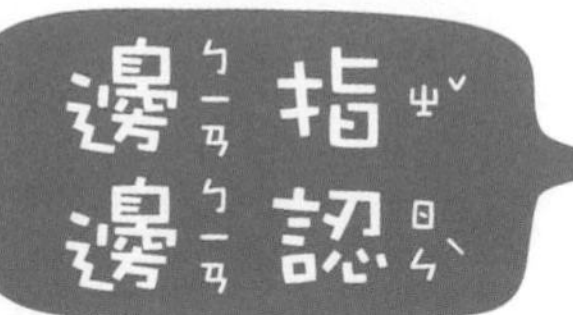

一邊指一邊唸出父親節時要對爸爸說的話。

L49U3.mp3

Happy Father's Day to...

our coolest Dad
我們最酷的父親

my superman Dad
我的超人爸爸

my lovely Grandpa
我可愛的爺爺

Thank you for...

your effort
您的努力

teaching me how to fish
教我怎麼釣魚

feeding me delicious food
餵我吃美味的食物

feel... to be your kid

honored
光榮的

proud
驕傲的

happy
快樂的

趣味練習

小朋友們，父親節時想對爸爸說什麼呢？請根據錄音內容，把小朋友想要感謝爸爸的「事蹟」塗上顏色吧。

L49U4.mp3

音檔內容在 P. 223

L50U1.mp3

我們要去遊樂園囉！

We're going to the amusement park!

- **Good morning. Happy Children's Day!**
  早安。 兒童節快樂！

- **Is it Children's Day today?**
  今天是兒童節？

- **Of course. We're going to the amusement park!**
  當然。 我們要去遊樂園囉！

- **Hooray! I'll have a blast there!**
  耶！ 我要在那裡玩個痛快！

L50U2.mp3

兒童節時可以這麼說

Here's a +「 禮物／玩具」 + for you!

Here's a **teddy bear** for you.

這個泰迪熊給你。

Here's a **special gift** for you.

這是給你的一份特別的禮物。

have a blast +「 在遊樂場」

We're having a blast **in Tokyo Disneyland.**

我們去東京迪士尼樂園玩個痛快。

I just want to have a blast **at the nearby playground.**

我只是想在附近遊樂園玩個痛快。

wish +「 孩子」 + a happy day

I wish **my son** a happy day.

祝我兒子有個快樂的一天。

Wish **all my kids** a happy day.

祝我所有孩子們有個快樂的一天。

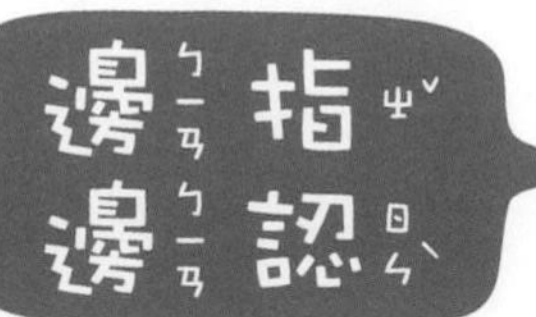

一邊指一邊唸出兒童節時可以對孩子說的話。

L50U3.mp3

Here's a... for you!

teddy bear
泰迪熊

special gift
特別的禮物

toy duck
玩具鴨

have a blast...

in Tokyo Disneyland
在東京迪士尼樂園

at the nearby playground
在附近遊樂園

at the water park
在水上樂園

wish... a happy day

my son
我兒子

all my kids
我所有孩子們

my son and my daughter
我兒子和女兒

趣味練習

L50U4.mp3

小朋友們，在兒童節時最想去哪裡玩呢？請根據錄音內容，把小朋友想要去的地方塗上顏色吧。

音檔內容在 P. 223

親子互動英文筆記欄

可以把不熟悉的單字片語寫在這邊哦！

解答篇

「趣味練習」

音檔內容

解答篇 Answer Keys

p.15 **1. Can you help do the dishes?**（你可以幫忙洗碗嗎？）

2. I'll water the flowers for you.（我來幫你澆花。）

3 Yes, I can help with vacuuming the floor.（是的，我可以幫忙吸地板。）

p.19 **1. Please put back your robot where it belongs.**
（請把你的機器人放回到它原來的位置。）

2 Can I play with your remote-control helicopter?
（我可以玩你的遙控直升機嗎？）

3 Pick up the rabbit doll, or I'll throw it away.
（把你兔子玩偶收起來，不然我把它扔了。）

p.23 **1. I can put on my shoes by myself.**（我可以自己穿鞋子。）

2 Zip up your coat, or you'll catch a cold.
（把你的外套拉鍊拉上，否則會感冒。）

3 Take off your pajamas and get changed quickly.
（把睡衣脱掉，快點換衣服）

p.27 **1. I want some strawberries, but I don't want coffee.**
（我想吃草莓，但我不想要咖啡。）

2 A: How about a cup of lemon water?
B: No, thanks, but I want some ice cream.
（**A**：要不要來一杯檸檬水？ **B**：不，謝了，但我想吃點冰淇淋。）

3 A: What do you feel like for breakfast, hamburger or bread?
B: Hamburger, please.
（**A**：你早餐想吃什麼，漢堡還是麵包？ **B**：漢堡吧，麻煩了。）

p.31 1. Tell me how you feel about my painting of the cat?
（告訴我你覺得我畫的這隻貓如何？）

2 Do you want to talk about what the book is about?
（要不要聊聊這本書的內容呢？）

p.35 Let's turn to Page 1. Wow! It's about the story of a grey bear... Oh, what's happening to the ship? Maybe the animal is seeking its master.（我們翻到第一頁來。哇！這是關於一隻灰熊的故事 ... 噢，這艘船發生了什麼事？也許這隻動物正在尋找牠的主人。）

p.39 1. Can you show me how to transfer money on the Internet?
（你可以教我怎麼在網路上匯款嗎？）

2. I wonder how to draw a chart on the computer.
（我想知道如何用電腦繪圖。）

p.43 1. Take a look at this cardboard. I'll make a heart shape out of it.
（看看這個厚紙板。我會用它做一個心形。）

2 Really? Show me, please. By the way, be careful with the saw and the scissors, or you'll get hurt.
（真的嗎？讓我看看。對了，要小心鋸子和剪刀喔，否則你會受傷的。）

p.47 1. Can you help me grind the carrot?
（你可以幫我把這胡蘿蔔磨碎嗎？）

2 Can you bring me that pot of tea?
（你可以把那壺茶拿給我嗎？）

3 I can't wait to eat the poached eggs.
（我等不及要吃荷包蛋了。）

Unit 10

p.51 **1. Take a look at the family tree picture I drew. This is Daddy, in the middle-left side of the tree.**
（看看我畫的家譜圖。這是爸爸，在樹的中間左側。）

2. This is my grandpa, at the top right side of the tree.
（這是我爺爺，在樹的右上方。）

Unit 11

p.55 **1. She is playing on the swing.**（她在盪鞦韆。）

2. He is playing soccer.（他在踢足球。）

Unit 12

p.59 **It's very sunny outside. You'd better put on some sunscreen.**
（外面太陽好大。你最好擦點防曬油。）

Where should I put it on?（我要抹在哪裡？）

Put it on your face, your neck, your hands, your arms, and your legs.（抹在你的臉上、你的脖子、你的手、你的手臂還有你的腿上。）

Unit 13

p.63 **1. I'll go get a BBQ grill.**（我去拿烤肉架來。）

2. We can go get some plates.
（我們可以去拿些盤子來。）

3. Look! There's a little squirrel joining us.
（看！有一隻松鼠加入我們了。）

Unit 14

p.67 **1. We seem lost. Where are we now?**
（我們好像迷路了。我們現在在哪？）

2. Which dress should I put on? The longer or the shorter?
（我應該穿哪一件洋裝？較長的還是較短的呢？）

3. Whose dog is it?（這是誰的狗？）

p.71 **This is our campsite. Let's work together to pitch the tent. First..., can anyone hold this tent rope for me?**（這是我們的營地。我們一起合力把帳篷搭起來吧！首先⋯，誰可以幫我抓住帳篷繩呢？）

p.75 **1. It's very snowy today. I'd like to go ice-skating.**
（今天下大雪了。我想去滑冰）

2. The flowers are blossoming in the garden because it's getting warm recently.（花園裡的花兒綻放了，因為天氣變暖了。）

p.79 **1. I put on my bikini and I'm ready to swim.**
（我穿上我的比基尼，準備要去游泳了。）

2. These are the tools I need to build a sand castle.
（這些是我要堆沙堡所需要的工具。）

3. Let's go play water volleyball, will you?（我們去打水上排球，好嗎？）

p.83 **1. I need to get some money. Where can I find a bank or post office?**（我需要領一些錢。我在哪裡可以找到銀行或郵局呢？）

2. The gas station is just 500 meters away. You can go there to pee.（加油站離這裡只有 **500** 公尺。你可以去那裡尿尿。）

p.87 **1. This is the African Zone. I want to go to the elephant.**
（這是非洲區。我想去看大象。）

2. Don't feed the animals, especially the rhino, or you'll put yourself in danger!
（不要幫動物餵食，尤其是犀牛，否則你會把自己置於危險中！）

3. The monkey looks so cute, but don't climb on the railings. Just stand here and watch.
（猴子看起來很可愛，但不要爬上欄杆。站在這裡看就好。）

p.91 **1. This is a nice shot of a butterfly.**（這張蝴蝶的近照真是漂亮。）

2. Can you take a picture of me with the two big mushrooms?
（你能幫我和那兩個大香菇拍張照嗎？）

3. I want to take a photo of the beautiful rainbow.
（我想拍一張美麗的彩虹照片。）

p.95 **1. It's already nine o'clock. Get out of the bed right now!**
（都已經九點了。馬上起床！）

2. It's fifteen after eleven now. Why is she still sleeping?
（現在都十一點十五分了。為什麼她還在睡覺？）

p.99 **1. I water the flowers in the garden every morning.**
（我每天早上給花園裡的花澆水。）

2. I comb my hair right after I get up every morning.
（我每天早上起床後都會馬上梳理頭髮。）

p.103 **Kid: What's for snack today, mom? I want a bowl of salads, and I would like a cup of hot tea with it.**
（孩子：媽媽，今天吃什麼點心？我想要一碗沙拉，我還想要一杯熱茶。）

Mom: No problem. So would you like some grapes?
（媽媽：沒問題。那麼，你想要一些葡萄嗎？）

Kid: No, thanks.（孩子：不用，謝了。）

p.107 **1. Don't just use clean water. Put soap on both your hands.**
（不要只用清水。雙手抹上肥皂。）

2. Hold your hands under the tap and rub them.
（將雙手放在水龍頭下並揉搓。）

3. Lastly , dry your hands with the towel.（最後，用毛巾擦乾雙手。）

p.111 **1. What's your favorite physical exercise?**（你最喜歡的體能運動是什麼？）

2. I'd like to try hand standing.（我會想試試倒立。）

3. I can do a lot of chin-ups.（我可以做很多伏地挺身。）

p.115 **1. Hurry up! We're almost late.**（快點！ 我們快遲到了。

But I can't find my schoolbag. 但我找不到我的書包耶。）

2. I'm all ready. And you?（我都準備好了。你呢？

Wait a minute. I'll go get my tablet. 等一下。我要去拿我的平板電腦。）

p.119 **1. The alarm clock is going off. Who can go turn it off?**

（鬧鐘響了。誰可以去把它關掉？）

2. Can you turn on the computer for me?

（你可以幫我把電腦開機嗎？）

3. The music is too loud! Can anyone go turn down the volume?

（音樂開太大聲了！誰去把音量調小聲點？）

p.123 **You two make a mess of the living room again. Now, pick up your hats and hang them on the peg, and put your shoes in the shoe cabinet, or I'll throw them out later.**

（你們兩個又把客廳弄亂了。現在，把你們的帽子收起來，掛在掛鉤上，然後把你們的鞋子擺進鞋櫃裡，否則我等一下就把它們扔掉。）

p.127 **My tub is so big that I can enjoy taking a bubble bath and playing with my paper boat. Then I take a shower under the showerhead. I usually use soap, not shower gel, to wash myself.**

（我家的浴缸很大，所以我可以享受泡泡浴和玩紙船。然後我會用蓮蓬頭來沖澡。我通常用肥皂洗澡，而不是用沐浴露。）

Unit 30

p.131 1. **Can you play the guitar and sing a pop song for me?**
（你能不能彈吉他並唱一首流行歌曲給我聽呢？）

2. **I can't play the guitar, but I can play a song on the flute for you.**
（我不會彈吉他，但我可以用笛子為你吹一首歌。）

Unit 31

p.135 1. **What's wrong with your younger brother? Why is he so sad?**
（你弟弟怎麼了？他為什麼這麼傷心？）

2. **Mary looks so angry? Is she OK?**（瑪麗看起來很生氣？她還好嗎？）

3. **She's OK. But she's just a bit worried.**（她沒事。但她只是有點擔心。）

Unit 32

p.139 1. **Can I play with your crocodile?**（我可以玩玩你的鱷魚嗎？）

2. **The blocks are Mary's. You should ask her first.**
（這些積木是瑪麗。你應該先問過她。）

Unit 33

p.143 **The kids are playing hide and seek in the garden, when there's a big bee flying toward the kid, who's hiding behind the door.**
（孩子們在花園裡玩捉迷藏，這時有一隻大蜜蜂正飛向躲在門後的孩子。）

Unit 34

p.147 1. **Did your mom tell you not to play soccer in the house?**
（你媽媽有沒有告訴你不要在家裡踢足球？）

2. **Don't ride the scooter in the house, or you'll bump your head or your legs!**（不要在家裡溜滑板車，否則會撞到頭或腿！）

Unit 35

p.151 1. **I have a sore throat. I think I should see a doctor.**
（我喉嚨痛。我想我應該去看醫生。）

2. **My waist aches, and I think I should stay in bed today.**
（我腰疼，我想我今天應該臥床休息。）

p.155 **1. We need to protect our environment by doing recycling.**
（我們必須藉由垃圾回收來保護我們的環境。）

2. Try to save water and electricity to protect our only Earth.
（試著節水節電來保護我們唯一的地球。）

p.159 **Eeeeeek... Daddy!**（啊 ... 爸爸！）
Daddy's here. What's wrong?（爸爸在這。怎麼了？）
I had a scary dream.（我做了一個可怕的夢。）
What did you dream of?（你做了什麼夢？）
I was chased by so many monsters!（有好多怪物在追我！）

p.163 **1. No worries about the math problem. Maybe I can help solve it!**
（不用擔心數學問題。也許我可以幫忙解決！）

2. What's going on with your paper crafts?
（你的勞作做得怎麼樣了？）

p.167 **1. The rabbit has nine carrots.**（這隻兔子有九根胡蘿蔔。）

2. How many carrots does the rabbit have?
（這隻兔子有幾根胡蘿蔔呢？）

3. Just count with me! One, two, three, four and five. Yes, it has five.
（跟我一起算算看吧！ 一、二、三、四、五。 是的，牠有五根。）

p.171 **1. I was born on Double Ten Day. It's in October.**
（我是雙十節出生的。在十月。）

2. It will soon be September, and our summer vacation is coming to an end.
（九月就快到了，而我們的暑假也即將結束。）

p.175 **1. What's your favorite activity in summer?**
（夏天時，你最喜歡的活動是什麼？）

2. What do you want to do when winter comes?
（冬天到時，你想去做什麼？）

p.179 **1. Find the apples and color them red.**（找到蘋果並將它們塗成紅色。）

2. Where're the oranges? Just color them orange.
（橘子在哪裡？將它們塗成橙色吧。）

3. I want some green peppers.（我要一些青椒。）

p.183 **1. Tom likes to take photos. He is a photographer.**
（湯姆喜歡拍照。他是個攝影師。）

2. Lisa likes to play the piano. She's a musician.
（麗莎喜歡彈鋼琴。她是一位音樂家。）

p.187 **1. I have art class on Wednesday.**（我星期三有美術課。）

2. I have to get ready for my P.E. class. See you later.
（我得去準備我的體育課。待會兒見。）

3. When do you have English?（你什麼時候有英文課？）

p.191 **1. Tell me your the phone number of your daddy or your mommy.**
（告訴我你爸爸或媽媽的電話號碼。）

2. Do you know where you live? Tell me your home address.
（你知道你住在哪裡嗎？告訴我你家的住址。）

p.195 1. **Surprise! This is for you. Happy Birthday! I hope you like the painting tools.**
（大驚喜！這個給你。生日快樂！我希望你會喜歡這畫具。）

2. **My dad bought me a soccer ball as the birthday gift, and my mom gave me a toy boat.**
（我爸爸給我買了一個足球作為生日禮物，而我媽媽給了我一個玩具船。）

p.199 1. **This Mother's Day card is especially for my dearest mother.**
（這張母親節卡片是專門給我最摯愛的媽媽。）

2. **This gift is a token of my love for you. Happy Mother's Day!**
（這禮物代表我對您的愛。母親節快樂！）

p.203 1. **I was invited to a X'mas party, and I want to go as a young witch.**（我被邀請參加一場聖誕派對，我想裝扮成年輕女巫。）

2. **After the Christmas feast, I will to dress up as a very tall Christmas tree.**（聖誕大餐後，我會打扮成一棵很高的聖誕樹。）

p.207 1. **Happy Father's Day to my superman Daddy, and thank you for taking me out to play on weekends.**
（祝我的超人爸爸父親節快樂，感謝您常常週末帶我出去玩。）

2. **Thanks a lot for always feeding me delicious food.**
（非常感謝你一直餵我美味的食物。）

p.211 1. **A: Happy Children's Day! Where do you want to go for fun? B: The amusement park, of course.**
（**A**：兒童節快樂！ 你想去哪裡玩樂呢？ **B**：當然是去遊樂園啊。）

2. **Today's the Children's Day! Let's go having a blast on the mountains.**（今天是兒童節！我們去山上盡情玩樂吧。）

台灣廣廈國際出版集團
Taiwan Mansion International Group

國家圖書館出版品預行編目（CIP）資料

我的第一本親子互動英文／國際語言中心委員會、高旭銶著; --
初版 -- 新北市：
國際學村, 2022.01
面； 公分
978-986-454-208-6 (平裝)

1. 英語. 2. 讀本

805.18 111001690

我的第一本親子互動英文
針對視覺、聽覺、觸覺設計的「情境對話、趣味插圖、互動遊戲」達到五感協調，自然激發雙語學習本能

作　　者／國際語言中心委員會、高旭銶
編輯中心編輯長／伍峻宏
編輯／許加慶
封面設計／林珈伃・內頁排版／菩薩蠻數位文化有限公司
製版・印刷・裝訂／皇甫・秉成

行企研發中心總監／陳冠蒨
媒體公關組／陳柔彣
綜合業務組／何欣穎
線上學習中心總監／陳冠蒨
產品企製組／黃雅鈴

發 行 人／江媛珍
法 律 顧 問／第一國際法律事務所 余淑杏律師・北辰著作權事務所 蕭雄淋律師
出　　版／國際學村
發　　行／台灣廣廈有聲圖書有限公司
地址：新北市235中和區中山路二段359巷7號2樓
電話：(886) 2-2225-5777・傳真：(886) 2-2225-8052

代理印務・全球總經銷／知遠文化事業有限公司
地址：新北市222深坑區北深路三段155巷25號5樓
電話：(886) 2-2664-8800・傳真：(886) 2-2664-8801
郵 政 劃 撥／劃撥帳號：18836722
劃撥戶名：知遠文化事業有限公司（※單次購書金額未達1000元，請另付70元郵資。）

■出版日期：2022年03月
ISBN：978-986-454-208-6